終わりのない片想い

朝方に降りだした雪は、昼が過ぎた今もまだ降り続いていた。

例年より遅く、年が明けて半月も過ぎた今日のこれが初雪だ。積もりはしないだろうと言っていた天気予報ははずれ、窓から見える景色はすでに白く塗り固められている。

見ているだけでも身震いのする景色を眺め、津崎陽翔《つざきはると》は胸に引っかかっている感情を冷たい清涼飲料水で押し流す。

「おばさん、何時に帰るって?」

熱いカップを持って、陽翔の前に座ったのは幼馴染《おさななじみ》の谷川雅義《たにかわまさよし》だ。二人掛けのソファを陽翔に譲り、彼はラグマットの上に腰を下ろした。

「六時頃には戻るって」

陽翔の家は共働きで、両親は夜にならないと帰って来ない。妹もいるにはいるが、高校受験を前に塾に行っているから、帰りは親よりも遅い。

すでに卒業後の進路が決まっている陽翔は、用がない日は真っ直《ます》ぐに家に帰る。家族の中で一番早くに帰宅することもあって、家の鍵《かぎ》は忘れないよう持ち歩いていたはずだった。

それでも時々、どうしてか忘れてしまうことがある。そういう時は決まって、幼馴染で同じ高校に通う雅義の家で時間を潰《つぶ》していた。

今日もまた、鍵を忘れた陽翔を雅義が家に誘い、二人だけで時間を過ごしている。

外では深々と雪が降っていた。

室内は暖かく、そして会話は途切れがちだ。毎日顔を合わせているのだから、今更改まってする話も特にはなかった。

ふと、二人が一度に口を閉じた瞬間があった。どちらも何も話さず、けれど沈黙は重いものでは決してない。まるで積もる雪の中にでもいるような、そんな瞬間だった。

「雅義」

陽翔が、おもむろに彼の名を呼んだ。

深く考えていたわけではないし、ましてやそうしようと決めていたこともない。ただ静かな空間に二人閉ざされているこの時こそが相応《ふさわ》しいと、そんなふうに感じられた。今言わないと、多分もう二度と言うことはない。この雪の中に埋もれて、春の訪れとともに消えてなくなってしまう。

ただ消えるだけなら、言ってしまった方がいい気がした。

「俺さ、おまえに言おうと思ってたこと、あるんだ」

窓の外に視線を向けて、陽翔は告げる。

「なに？」

改まった口調に、雅義がカップをテーブルに戻した。ことん、と陶器の当たる音が室内に響く。その音にぴくりと肩を揺らし、陽翔の言葉は咽喉《のど》に詰まってしまう。

ぐっと詰まったそれを、腹に力を籠《こ》めて絞り出す。

「俺さ、おまえのこと……好きかもしんない」

「うん？」

「友達、じゃなくて……」

すでにそれは、五年前から陽翔の中に存在していた感情だった。

「それ、どういう意味？」

陽翔の回り持った言い方に、雅義が問い掛ける。普段は心地よくさえ感じられる深みのある声が、今は耳に痛い。

「だから、恋愛……て言うか」

「恋愛？」

「好き、なんだよ。おまえのこと」

「え……？」

雅義の声に、明らかな驚きが混じる。外を見ていたはずがいつの間にか項垂《うなだ》れていたようで、陽翔の視界には自分の膝《ひざ》に添えた手が映り込んでいた。

「好きって……陽翔？」

この期に及んで、雅義は問う。言葉の意味が理解できないのだという様子に、彼からの返事が透けて見える気がした。

(別に、判っていたことだ)

男らしさを感じさせる精悍《せいかん》な顔立ちをした、誰にでも優しい雅義は、中学の頃から女の子に人気があった。当人もそういうところは良く判っているらしく、告白されて付き合っていたことも何度かあった。

女の子が好きなことも、陽翔を恋愛対象に入れていないことも知っている。だから今、雅義が信じられない気持ちでいることも陽翔には簡単に理解出来た。

「別に、付き合いたいとか、そういうんじゃないから」

「でも、陽翔……」

「ただ言っておきたかっただけっていうか……それだけ」

高校生活もあと残り一ヶ月だ。卒業後は陽翔も雅義も別々の大学に行くことが決まっている。都会から離れたこの土地では、大学進学者は都市部に出て行くのが通例だった。

小学校からずっと一緒だった二人が、通う学校も住む場所すらも、遠く離れてしまう。だったらその前に、素直な気持ちを告げても良い気がした。

伝えたかった言葉を口にして、陽翔はほっと息を吐く。ようやく顔を上げた視線の先には、困惑を浮かべたままの雅義がいた。

戸惑いを孕《はら》んだ視線を向ける彼に、陽翔は苦笑を漏らす。

「んな考えるなって。別に、今まで通りでいいんだから」

何かを期待したわけじゃない。本当に、ただ伝えたかっただけなのだと陽翔は告げる。

「今まで通り……友達で?」

「そう、友達でいる。……もちろん、おまえが気持ち悪いとか思うんだったら、近付かないようにするけど」

「そんなこと、思うわけないだろ」

「そっか。おまえなら、そう言ってくれると思ったよ」

笑みを浮かべて、ほっと息を吐く。後少しで卒業だからという投げやりな気持ちもあったけれど、それでも好きな相手に軽蔑《けいべつ》されるのは辛い。だから雅義がそう言ってくれて、陽翔は心の底から安堵《あんど》した。

「悪いな、変な話して」

「うん……いや」

友達だと思っていた相手に告白されたことに、雅義は未《ま》だ混乱している様子だった。

「あ……」

何かを言おうとしたのか、小さな声を漏らした雅義がそのまま口を噤《つぐ》むから、陽翔も黙ってグラスに手を伸ばした。

炭酸入りだったはずのジュースからは、すでに気泡が消えていた。刺激のなくなった甘い水を、陽翔は黙って咽喉へと流した。

これで話は終わった。

中学の頃からずっと、胸に抱き続けていた恋愛感情を雅義に告げ、それだけで陽翔は満足していた。もともと彼とどうこうなるなんてことを、想像していたわけではない。微塵《みじん》も期待していなかったのだから、受け入れられなくても傷付くことはなかった。

ただ友達として、これから先も傍にいられるなら、それでいい。

少なくともこの時の陽翔は、本当にそう思っていた。

1

小学校に上がる半年ほど前に、雅義は陽翔の住むマンションの二階に引っ越してきた。雅義の家族は父親だけで、母親は離婚していない。彼の父親が忙しいことや陽翔と同じ歳ということで、雅義は引っ越し当初から陽翔の家にいることが多かった。

小学校に上がると雅義は毎日、学校終わりに陽翔の家に来た。幼い雅義を一人にしておくのが忍びないという陽翔の母親の計らいで、その日も雅義は陽翔の家に上がり、おやつを食べてから宿題を始めた。

幼い頃から几帳面な性格の雅義は、渋る陽翔を促して宿題を済ませてしまうのがこの頃の日課になっていた。

しかしこの日、雅義はやけに静かだった。

「まさよし、どした?」

ランドセルを投げ出し、いそいそと遊び道具を出し始めた陽翔に、普段なら雅義は注意するはずだ。しかし今日は何故か、床の一点を見つめたまま一言も発しない。

「おなか、いたいのか?」

具合でも悪いのかと問う陽翔に、雅義は首を横に振る。

「じゃあ、かぜ?」

それも違うと彼は言う。他にも怪我はないかと訊《き》いてみても、雅義は首を振るだけだ。普段の雅義では考えられない様子に心底困り果て、親に相談しようと思って腰を上げかけた陽翔の手を、雅義が握って引き留める。

どうしたの、ともう一度、さっきよりも優しく訊いてみる。

「……いらないって」

「なにが？」

「ぼくは、いらない子なんだって」

「え、なんで？」

「お父さんが、そういったんだ」

そう呟《つぶや》いて、雅義は再び深く項垂れた。

もう少し道理の判る年頃だったなら、陽翔も酷い話だと怒ったはずだ。それでなくとも幼い陽翔にも判るぐらい、彼の父親は子供を放置していた。陽翔が起きている時間に、雅義の家に彼以外の人が居るところを見たことがなかった。

とはいえ当時まだ陽翔は六歳の子供で、他人の事情だとか、そういったことに思考が及ぶわけもなく、雅義の告白もそう重くは捉えていなかった。

そういえば自分も、言いつけを守らなかったりした時に母親に「出て行け」と怒られることがあったから、そういうものだろうと思うのがやっとだった。

怒られて落ち込んでいるのなら、何か慰めようと言葉を探る。そうしてすぐに良い案を思い付いた。

「じゃあさ、じゃあ、ぼくがもらってあげる」

雅義のお父さんがいらないと言ったんだったら、自分が貰《もら》ってもいいはずだ。そんなことを考えて、陽翔は告げる。

この発言に雅義は顔を上げ、信じられない様子で陽翔を見つめた。

「え、だって、いらないんだったらさぁ……」

貰っても良いはずだと呟く陽翔に、雅義は目を見開いたままだった。

「……ほしい、の?」

「ほしいよ! だってまさよしいたら、いっぱい、いろんなことできるし!」

勉強も運動も、なんでも人より上手に出来る雅義は、当時の陽翔にとって憧れだった。もし彼が手に入ったら、雅義と今よりももっと一緒にいられるのだ。そう考えただけで、嬉しくて堪《たま》らなくなってしまう。

「まさよしのこと、ほしいよ!」

うきうきとした気分で笑って告げる陽翔を見て、雅義は突然顔を歪《ゆが》めた。

その顔が今にも泣き出しそうだったから、陽翔は驚いてしまう。何か悪いことを言っただろうかとドキドキする胸に手を当てていると、雅義は大きく鼻を啜《すす》り、どうにか涙を押し留《とど》めた。

「……いいよ」

ぐすっ、と鼻を鳴らした雅義の顔は、いつもよりも幼く見える。

「いいよ、あげる。はるちゃんに、ぜんぶあげる」

「ほんと？」

「ほんと。そのかわり、ずっと一緒にいてくれる？」

まだ涙を堪《こら》えている雅義が可哀想《かわいそう》だった。そして彼を貰えるのだったら他は別にどうでもいいという気持ちも陽翔にはあったから、彼の申し出に陽翔は強く頷《うなず》いた。

「うん、いいよ！」

この一言に、雅義の表情が笑顔に変わる。いつも他の人に見せる、どこか控え目な、そして一線を画している笑顔ではない。心の底からの、本当の笑顔がそこにはあった。

＊　＊　＊

瞼《まぶた》の裏に光を感じて、陽翔は薄く目を開けた。いつの間にか朝が来ていて、カーテン越しの陽光が早く起きろと促してくる。

冬の朝は寒くて、なかなか布団から出る気にはなれない。上掛けを肩まで引き上げて、陽翔はごろりと寝がえりを打った。

「あ……」

その拍子に、明け方の夢が頭の中に浮かんだ。懐かしい、幼い頃の記憶の断片が見せた夢だ。狭い世界しか知らない幼い二人の交わした誓いが、今の陽翔には眩《まぶ》しく感じられた。

(あのままでいられたら、良かったな)

ただ純粋に、雅義を欲しいと思っていた。父親に顧みられることのなかった雅義もまた、陽翔に必要とされることを望んでいた。

限られた世界に生きていた自分たちには、複雑なものなど何もなかった。ただ互いを必要とし、必要とされ、それだけで全てが完結していた。

細く息を吐き、陽翔は両手で顔を覆う。こんなことを今更思い出してしまうのは、三日前に雅義に告白をしたからだ。

(なんで、あんなこと言ったんだろ)

好きという気持ちは、もうずっと陽翔の中に存在していた。はっきりと自覚したのは中学二年の頃で、それまでも蟠《わだかま》りはずっとあった。悩んだ時間は案外短く、その頃ちょうど雅義に最初の彼女が出来たことで、陽翔はすぐに失恋した。

その後も雅義が陽翔をそういう意味で見ることはないと判っていたから、言うつもりなんて全くなかった。素知らぬ振りをして、ただ友達として彼の傍にいる。それだけで良いと、陽翔自身も納得していたはずだ。

何故、あんなことを言ってしまったのか。あの時は今しかないという想いに捉われてしまったけれど、それこそ何故なのかが今の陽翔には判らない。

「陽翔、起きてるか？」

ベッドの上でぼんやりと考え事をしていた陽翔に声が掛けられる。ドア越しに聞こえたのは、雅義のものだ。

「……雅義？」

呼び掛けに応じて、雅義がドアを開けてベッドへと近づいてくる。表情はいつもと変わらず、優しい笑みを浮かべていた。

「おばさんたち、もう出掛けたぞ。おまえもそろそろ起きないと」

「ん……もう起きた」

「そんなこと言って、こないだみたいに二度寝するつもりだろ？」

「しないし。……もう起きるって」

時計を見ると、時間が差し迫っていた。学校とはいえすでに授業もなく、ほとんどが自由登校だ。それでも卒業前に羽目を外さないようにするためか、週に何度かは集会や卒業式の予行演習などで呼び出しが掛かる。

ゆっくりとした動作で身体を起こし、ほっと息を吐く。その様子を見届けてから、雅義は陽翔から離れた。

「あっちで待ってるから。早く着替えておいで」

きりりと上がった眉《まゆ》をそのままに、微笑《ほほえ》む雅義の表情はやけに甘く感じられる。顔の造形は良い方だけれど、美形という程ではない。どちらかというとイケメンという方が似合いそうだが、そこまで甘い感じもなかった。

表現するなら、雄くさいという言葉が一番似合うと陽翔は思っている。野性味すら感じさせる雄々しさが雅義にはあった。そのせいか、身長は陽翔とそう変わりはないのに、やけに男としての魅力めいたものが感じられる。

(まぁ、かっこいい、よな)

一方の陽翔は、顔の造形だけで言うと綺麗だと褒められることが多かった。雅義に引けを取らない長身で、けれど肉付きが今一つ、魅力に欠ける。それに加えて性格も地味で、縁の太い眼鏡がそういう印象に拍車をかけていた。

思わず雅義と自分を比較しかけて、陽翔は慌てて首を振って思考を散らす。つい考え事に時間を費やしてしまうのは陽翔の悪い癖で、そういう時には手元がおろそかになる。

時計を見ると、五分も無駄に過ぎてしまった。

「陽翔、早くしろって」

陽翔の性質を良く知っている雅義は、再びドアを開けて急《せ》かしてくる。判っていると返して、陽翔はさっさと制服に着替えてリビングへと向かった。

「ほら、五分で食べろよ」

テーブルの上には、朝食用に用意された食パンが陽翔の分だけ置かれている。

「おまえは?」

「俺は食べてきたから。ほら、早くしないと間に合わない」

牛乳を注いだグラスを、雅義は陽翔の前に置く。

「別に、迎えに来なくてもいいって言ってんのに」

パンを齧《かじ》り、陽翔が呟く。

「何言ってんだよ。授業なかったら、陽翔すぐサボるだろ」

「……出席日数足りてんだし」

「俺が担任に怒られんの。ちゃんと面倒を見てやれって」

ぶつぶつと文句を呟く陽翔に、雅義はそんな返事を口にする。その間にも、雅義は陽翔の鞄《かばん》を用意し、コートを出してきて投げて寄越した。

「ほら、行くぞ」

コートを羽織って雅義について行く。外に出たところで家の鍵を持ったか確かめられて、むっと唇を尖《とが》らせる。確認されなくても、最後に家を出る時には鍵を忘れることはない。忘れるのは大抵、母親や妹がたまたま陽翔の後に出る日などだ。

「陽翔、そっちの端、歩いて」

マンションの前の道路に出ると、陽翔は道の端へと押しやられる。先日の初雪から三日が経過していたけれど、その間にも何度か降った雪は、久しぶりに晴れた今日もまだ足元に残っていた。

滑り難《にく》い方へと陽翔の身体を押しやり、転ばないようにと腕を掴《つか》む。そこまでしなくてもと思った次の瞬間、陽翔の足元は雪に掬《すく》われた。

「ちゃんと足元見て」

「判ってるって」

周囲から見たら微妙な光景だろう。しかし二人にとっては、当たり前のことだった。

「谷川くん、おはよ」

雅義に腕を取られたまま歩く陽翔の耳に、聞き慣れた女の子の声が届けられる。視線を向けると、雅義の向こう側に同じクラスの佐伯《さえき》がいた。

「おはよう。今日はぎりぎりだね」

「うん、ちょっと寝坊」

苦笑を浮かべる相手に、雅義も微笑みを絶やさない。照れた表情で上目使いに雅義を見る彼女の様子からは、確かな好意が見て取れた。

「え、と……今日も津崎くんと一緒なんだね」

身を乗り出して、雅義を挟んだ反対側へと視線を向ける。ほとんど毎日、雅義と一緒にいる陽翔に向けられるのは、羨望《せんぼう》半分、邪魔者扱い半分の視線だ。

「……雅義、手、放せよ」

なんだか居た堪れなくなってきて、小声で雅義に告げる。しかし雅義は気にした様子もなく、淡々とした口調で返した。

「放したら転ぶだろ?」

「いや、だから、大丈夫だって」

「駄目。そういっておまえ、すぐ転ぶんだから」

「気を付けてたらそんなに転ばないって！」

放すまいとする雅義の腕から逃れようと身を引くものの、足元が覚束《おぼつか》ないこともあってどうにも出来ない。それでも軽く揉《も》み合いになっていると、隣から声が掛けられる。

「あ、と……じゃあ私、先に行くね」

二人のやり取りに呆《あき》れたのか、そう声を掛けて彼女はさっさと行ってしまった。それを見送った先で、陽翔は盛大な溜息《ためいき》を吐《つ》く。

「陽翔？」

「おまえ、馬鹿……」

気のある女の子が近付いてきていたら、友達として気を利かせるのが普通だろう。彼女もそれを期待している様子だった。

「これじゃ、俺が空気読めない奴だろ」

「なんで？」

細かい事にも良く気付くし、空気が読めない方でもない癖に、雅義は時々驚くほど天然だ。何故、そんな簡単なことが判らないのかと問い詰めたくなることがたまにあった。

肩を落として歩く陽翔の腕を、雅義は摑んだままだ。足元ではみぞれ状態の雪が踏まれる度に崩れ、水へと変化していく。くしゃくしゃと鳴るその音に故意に意識を向けたのは、そうしていないと彼の手の温《ぬく》もりばかり追ってしまうからだ。

陽翔の突然の告白に、その日はさすがに戸惑いを見せていた雅義だったが、今はもう以前と変わらない態度に戻っていた。あえてその話題に触れることもなく、友達として接してくれる。そんな雅義を、陽翔も有難く思っていた。

それなのに何故か、些細《ささい》なことが意識の隅に引っかかってしまう。今のこの状態で言うなら、彼の手の感触や、そこから伝わる熱が陽翔の意識をわずかに乱す。

（終わったことだろ）

告白したところで、叶《かな》わないことは百も承知だったはずだ。そういう意味では、最初から終わっていたことだ。それなのに自分は、一体何が不満だというのか。

自分の気持ちが判らなくて、陽翔は混乱を覚える。取られた腕はそのままに、額に手を当てかけると、またも足元を雪に取られた。

「ほら、危ない」

腕を引いて支え、雅義が苦笑混じりに告げる。その声に、何故か胸の奥に痛みが生じる。それが何なのかと意識を向けかけた矢先、誰かが背中を叩いた。

「津崎、今日も保護者同伴かぁ？」

振り向くと、そこにはニヤニヤ顔の根岸《ねぎし》がいた。二年に上がった時に同じクラスになった、陽翔の友人だ。

「……別に、保護者じゃないし」

「何言ってんだよ。谷川がおまえのお母さんだって、クラス中が公認してるっての！」

明るく言い切る友人を、陽翔はきつく睨《にら》む。しかし当の根岸に全く悪びれた様子はない。

適当にあしらうと、根岸も興味を失ったかのように今度は雅義へと向き直る。

「そういや谷川、おまえ佐伯さん、どうした？」

根岸の言葉に、陽翔はドキリとする。動揺しかけた自分をどうにか落ち着かせ、何気ない素振りを装う。

「佐伯さんって、何が？」

「何がって、告られたんだろ？」

根岸が声を潜めて言う。彼の言葉に雅義は合点がいった様子で「ああ」と呟くものの、素っ気ない口調で言葉を返した。

「別に、どうもしないよ。どのみちもうすぐ卒業だし」

「断ったのかよ、もったいない！」

彼女が雅義に好意を抱いていたのは知っていたが、告白したというのは陽翔にとって初耳だった。

「卒業したら、どうせ別れるだろ？」

「えー、遠恋っつーのもありじゃん」

「俺には無理だよ。そこまで思い入れられないし」

苦笑混じりに告げる雅義に、根岸は呆れ顔だ。それもそのはず、佐伯は男子生徒の間で人気が高い。可愛《かわい》い顔立ちで、性格も悪くなかった。

もったいないと告げる根岸は、そのまま雅義にタックルを仕掛ける。わざとそれを避けずに受けて、雅義は困り顔で笑う。

「もてるからって嫌味な奴だよなぁ、津崎……津崎？」

陽翔に話を振ろうとしたところで、不意に根岸が眉根を寄せる。不審げな視線を向けられて、陽翔は慌てて視線を逸《そ》らした。

「別に……今更、だろ」

「まぁ、そうだけどさぁ……」

気を付けていたはずなのに、妙な顔になっていたのだろう。平静を装い、彼らの前を歩いてさっさと校門をくぐった。それを見送った雅義たちも、すぐに陽翔の後を追った。


「陽翔、どうかした？」

さっき陽翔の様子がおかしかったことが気になったのか、学年集会が終わったところで雅義が声を掛けてきた。

「なにが？」

「朝から、なんか考え込んでたみたいだから」

陽翔の机に手を当てて、顔を覗《のぞ》き込んでくる。そちらに視線を向けることなく、陽翔は苦笑を漏らした。

「ちょっとぼんやりしてただけだよ」

何でもないと告げる陽翔に、雅義はまだ何か気にしている様子だった。幼い頃からずっと一緒にいるせいか、雅義は陽翔の変化には驚くほど敏《さと》い。

なんでもないよと告げて立とうとしたところで、雅義も身体を起こす。そうして更に陽翔の顔を覗き込もうとした時だった。

「谷川くん、ちょっといい？」

佐伯が横から声を掛けてきた。彼女は落ち着かない様子で、上目使いに雅義を見ていた。

「なに？」

「ここじゃ、ちょっと……」

その様子から、彼女が何を言おうとしているかは予想が付く。顰《しか》めかけた表情を必死に取り繕って、陽翔は雅義の肩を叩いた。

「ほら、行って来いよ」

待たせたら悪いだろうと告げる陽翔に、彼は渋々ながら佐伯の方に向き直る。そうして二人が教室から出て行くのを見送って、陽翔は鳩尾《みぞおち》をそっと押さえた。

朝からずっとそうだ。胃の辺りがじくじくと痛んで、どうにも落ち着かない。原因は判っているけれど考えるのが嫌で、陽翔はあえて意識を逸らししている。しかしそうすることで、余計に気持ちはそちらに向かう。

（ああいう子、好きだよな）

付き合わないと言っていたけれど、佐伯は雅義の好みに合っている。中学の頃に付き合った子も、高校に入ってからの彼女たちも皆、佐伯と似た感じの女の子だった。

「なに、胃が痛いの？」

うずくまってしまった陽翔に、根岸が声を掛けてくる。陽翔は首を振って身を起こした。

「別に、平気」

「調子悪いんだったら言えよ。……おまえの保護者に」

茶化し半分に告げる根岸を軽く睨むと、そこに雅義が戻ってきた。

「なになに、なんの話だったの？」

一度断った相手と何の話があるんだと、意味深な様子で問い掛ける根岸に雅義は曖昧《あいまい》に返す。そんな二人のやり取りを見ているうちに、次第に胃の不快感が本格的になっていく。

雅義の、そういう話を聞いていたくなかった。今までも何度か聞いたことはあるし、友達として、彼女とのことをひやかしたこともあるのに、何故だか今はそれが出来ない。

「いいよなぁ。俺も大学入ったら絶対彼女つくろー」

羨望混じりに溜息を吐き、根岸が天井を仰ぐ。なぁ、と陽翔に話を振ってくるから、慌てて表面だけを取り繕った。

「そう、だな。……俺も、作ろうかな」

「陽翔？」

「津崎はさ、どういう子が好みなわけ？　やっぱ佐伯みたいな可愛い系？」

「顔は別に……どちらかというと、しっかりした子とかがいいな」

「おまえ、それじゃ新しい保護者じゃん」

彼女に世話を焼かせる気だろうと笑われて、陽翔も渇いた笑みを漏らす。そうして痛みを誤魔化す陽翔の横で、何故か雅義は神妙な表情を浮かべていた。

担任教師がホームルームに入ってきて、一度は自分の席に戻った雅義が、再び近付いてきたのは帰る間際だ。彼はコートを着て陽翔の傍に寄り、一緒に帰ろうと言ってきた。

「……彼女はいいのか？」

少し時間が空いたお陰で、陽翔の感情も落ち着きを取り戻していた。何気ない素振りを装って、佐伯のことを口にすると雅義は首を傾《かし》げてみせた。

「別に付き合うわけじゃないから」

「でも、なんか言われてただろ」

雅義の方に未練はなくとも、相手はまだ諦め切れない様子だった。そのことを告げてみるものの、雅義は肩を竦《すく》めただけで何も言わない。

陽翔の方もしつこく聞くことも出来ず、誘われるままに彼と共に帰路に着く。

校門を出たところで、再び雅義が口を開いた。

「彼女を作りたいって、本気で思ってる？」

問われた内容に、陽翔はわずかに目を見張る。驚きを表情に浮かべたまま、隣の雅義に視線を向けた。

「なに……なんでそんなこと、訊くんだよ？」

「なんでって……気になったから」

「なんでおまえが気にすんの？」

陽翔が恋人を作ったとしても、雅義には関係ないはずだ。そのことを問い返しつつも、胸の辺りが熱くなるのを抑え切れない。もしかして、という思考が浮かび、それを慌てて打ち消そうとする。けれど一度浮上した考えは、すぐには消えてはくれない。

「友達だったら、普通に気になるだろ？」

「それは……そうだけど」

「それに陽翔、今までそういう話、したことなかったから」

確かに雅義の言う通りだ。今まで陽翔は、雅義にそういう話をしたことはない。もっとも、初恋を長く引きずっていたうえに、その相手が雅義なのだから当たり前だ。

「それで、どうなんだよ？」

再度問われて、本当のところを全部言ってやろうかと、一瞬だけ考えた。ずっと雅義が好きだったから、他の人を見る余裕がなかった。諦めてはいるけれど、こんなに近くに雅義がいるから他に恋人を作ろうなんて思えなかった。

言ったらどんな顔をするだろうかと考えてみたけれど、どうせ先日告白した時と同じ反応だろうと思ったから、止《や》めにした。

　代わりに、少しだけ期待を滲《にじ》ませてこんな言葉を口にした。

「雅義はさ、俺に恋人とか出来たら、どう思う？」

「え……」

「ちょっとは、寂しいとか……思う？」

　陽翔の言葉に、雅義は小さな声を漏らす。今更ながらに告白のことを思い出したようで、戸惑いに視線をさ迷わせた。

　さすがに忘れていたとは思わないけれど、意識の外に締め出されてはいたのだろう。

　その気持ちは陽翔にも良く判る。雅義に告白したことは、陽翔も出来るだけ考えないようにと努めてきた。そうしていないとまともに話も出来ない。

「別に、変な期待とかはしてないから、安心しろよ」

　目を伏せて呟く陽翔に、雅義は一度息を詰まらせる。故意にゆっくりと息を吐きだすと、改めて口を開いた。

「それも、いいんじゃないか？」

「……うん？」

「彼女作ってみたら意識も変わるだろうし。陽翔にとっては、良いことだと思う」

　覚悟はしていたはずだった。それなのに、さらりと告げられた言葉に、陽翔は目の前が真っ暗になる。

「それに恋人が出来ても、俺がおまえの一番の親友ってことに変わりは……陽翔？」

足元が覚束なくなり、傾いだ身体をどうにか持ち直す。足を止めた陽翔に、雅義は言葉を区切り、どうしたのかと顔を覗き込んできた。

「なんでも、ない」

「顔色、悪い気がするけど……」

「ほんと、なんでもないから」

どうにか体勢を立て直そうとする陽翔の額に雅義の手が触れた。掌《てのひら》の感触に、身体に電流が流れる。衝撃に驚き、気付いた時には陽翔は彼の腕を振り払っていた。

「え……陽翔？」

一瞬何が起こったのか判らない様子で、雅義が問い掛ける。過剰すぎる自身の反応に、さすがにまずかったと気付くものの、取り返しは付かない。

「ご、ごめん……」

誤魔化す為の言葉を必死に探ろうとする間に謝罪を口にしてしまい、目の前の雅義の表情が強張《こわば》るのが判った。

しまった、ともう一度思い、それでもどうにか言葉を紡ぐ。

「何でもない。なんでも、ないから」

「なんでもないって……」

「本当に、何でもないんだ！」

訴えると同時に、陽翔は踵《きびす》を返す。もうこれ以上は誤魔化すことも出来なくて、急ぎその場から逃げ出した。

呼び掛ける雅義の声を振り切って、ひたすら走りに走って辿《たど》りついたのは自分の家だ。中に入るとすぐに自室に行って、ベッドに潜り込んだ。

陽翔の身体はガタガタと震えていた。全速力で走ったせいで軽い酸欠を起こしている。しかし震えは、そのせいではなかった。

（怖い、いやだ……いやだ）

浮かびくる思考から、陽翔は必死に目を逸らす。しかし次から次へと湧き出るそれに、次第に追い詰められていく。

（違う、諦めた。諦めたはずだ。だから、傷付いたりしない……して、いない）

雅義のことは、すでに諦めが付いていた。告白したのだって、もうすぐ卒業で、だからけじめを付けるつもりで言っただけのはずだ。彼への気持ちを整理して、友達として付き合っていく。そのために、区切りとして口にした。

それなのに心の中でもう一人の自分が否定する。違う、そうじゃないだろう。本当は好きで、堪らなく好きで、だから我慢が出来なかった。微塵も期待していなかったなんて、そもそもそれが嘘《うそ》なのだ。雅義の恋愛の対象外だと判っていても、それでも大切に扱われ、優しく接してくれる雅義に心のどこかが常に期待を抱いていた。

だから告白した。どうせ卒業するなら、玉砕覚悟で告白してみたかった。表層意識では駄目もとだと判った振りをして、奥底では期待を抱いていた。

もしかしたら受け入れてくれるかもしれないと、思わずにはいられなかった。

(馬鹿だ、馬鹿っ……本当に、馬鹿だ！)

これ以上考えるなと、心の中で訴える。恥ずかしくて悔しくて、それ以上に辛くて苦しい。諦めたつもりで、彼が自分を選ぶことがないと判った振りをして、本当はずっと期待していた。だからこんなに長く、片想いを続けてしまった。

(苦しい……もう、息が……)

毛布の中で、喘《あえ》ぎを漏らす。溢《あふ》れ出た感情が咽喉に絡まって、呼吸すらまともに出来ない。嗚咽《おえつ》まじりの声が漏れ、それが余計に陽翔を苦しませた。

「う……っ」

こんなに、好きだったのだ。

その言葉が胸に湧く。それと同時に陽翔の胸に一気に空気が流れ込み、詰まっていた感情は涙と一緒に零《こぼ》れ落ちた。

ぽろぽろと、涙が後から後から流れ出る。止める術《すべ》も見つからないまま、陽翔は泣き続けた。どれだけ泣いても、五年分の感情は枯れることなく溢れ続けていった。

その日の夜、雅義から電話があった。昼間の陽翔の様子を気にかけて、あれから陽翔の家に行ったが応答がなかったのだと言われて、陽翔は口を噤んだ。

ずっと家にいたし、インターホンの音にも気付いていた。しかし応答するだけの気力は陽翔にはなくて、自室に閉じこもったまま携帯の電源も切ってしまった。

夜になって掛かってきた電話は取って、けれどすぐに黙り込んだ陽翔にどうしたんだ、何があったんだと問う雅義に、ちょっと体調が良くなかっただけだと嘘を吐く。納得のいかない様子ではあったけれど、話をしたくない陽翔の雰囲気を察したのだろう。雅義はしつこく問い質《ただ》すことはしなかった。

昔からいつも、雅義は陽翔に気遣ってくれていた。

陽翔の嫌がることはしないし、注意することはあってもそれは陽翔のことを想ってのことだ。彼の愛情が判るから、陽翔はいつも雅義の言うことだけは聞いていた。そんな陽翔を、雅義もまたいつも大切に扱ってくれていた。

電話を切った後で、陽翔は再びベッドに突っ伏した。

雅義への未練を自覚した事で、陽翔の中の何もかもが様変わりしてしまった。それまで大丈夫だと思っていた。振られても、雅義の良い親友でいられると思っていた。

しかしそれは無理だと、今は判る。

(勘違いしたとか、恥ずかしい)

大切にしてくれる理由は、陽翔が雅義の友達だからだ。それを判っていたくせに、期待した自分自身が恥ずかしい。そのことを考えると、これからどうやって彼と顔を合わせたら良いのかが判らなくなった。

そんな状態だったから、次の日から陽翔は雅義を避け始めた。登校日は迎えに来られるより先に家を出て、声を掛けられるより前に教室を後にする。そうしてすぐに家に帰るのではなくて、どこかで必ず時間を潰した。同じマンションに住んでいて、同じ高校の同じクラスにいるにも関わらず、避けてみると、人一人から逃げることは思ったよりも難しくない。こんなことならもっと前から距離を置くべきだったと思ったほどだ。

（そしたら、ここまで苦しくならなかった）

初めて彼女を紹介された時に、失恋したと思ったその時に、雅義のことを避けたら良かった。そうしていたなら、彼に淡い期待など抱かなかったはずだ。

きっぱりと諦められず、だらだらと想い続けていたのが悪い。まさか自分がここまで思い詰めていたとは、陽翔自身も露ほども思わなかった。

（抜けてるって言われるけど、自分の気持ちに気付かないって……）

人一倍鈍いということはないけれど、何かを考え込んでいる時などに現実が疎《おろそ》かになる。そうして忘れ物や怪我をすることが陽翔には良くあった。

そんな陽翔を、雅義はいつも助けてくれた。さりげない仕草で、時には冗談も交えて世話を焼く。彼の言葉や態度の全てが、陽翔が特別だと物語っているようだった。

雅義を好きになったのは、きっと必然だったと陽翔は思う。

「……陽翔？」

考え事をしていた為に、歩いていたマンションの廊下で自宅の前を通り過ぎようとした陽翔に、声を掛けたのは雅義だ。

振り向くと、ちょうど彼が階段を上ってきたところだった。

「え、あ……」

「ちょうど良かった。今日、泊めて貰ってもいいか？」

避けていた相手の出現に、陽翔は思わず口籠《くちごも》る。しかし雅義は気にする様子もなく、淡々とした口調でそんな言葉を口にした。

「え……と、もしかして今日？」

「父さんが帰ってきてるから」

悪いんだけど、と告げる雅義に、陽翔の感情が一気に沈む。雅義の言葉に黙って頷き、家の中へと促した。

幼い雅義を放任し続けた父親の態度は、彼が高校生になっても変わりはなかった。それどころか中学の頃からはあからさまに雅義を追い出しては、自宅に女性を連れ込むようになっていた。雅義自身は、父親に対して諦めているからなのか、周囲に対して悪《あ》し様に言うこともなかった。

それでも反感を持っているということは、傍で見ていた陽翔も気付いていた。女の子にもてる癖に、雅義が常に恋愛に対して冷めた感情を抱いていることも、元を辿れば女性関係にだらしない父親に起因するのかもしれない。

行き場もなく、そして誰にも相談せずにいる雅義をいつも自宅に連れて帰るのは陽翔だ。普段は図々しく上がり込む癖に、こういう時は遠慮を見せる雅義に、家に来るようにと説き伏せたのは中学に入ってすぐの頃の事だ。

「客間に布団、用意して貰ってくるから」

雅義を玄関先で待たせて先にリビングへ向かおうとした陽翔の腕を、突然摑み取る。驚いて振り返ると、雅義は真面目な表情を陽翔へと向けた。

「いい機会だから、陽翔と話がしたい」

ずっと雅義を避けていたものの、そのことに雅義が気付いていることを、陽翔もまた知っていた。判っているにも関わらず、陽翔の好きにさせてくれていたのは、雅義の愛情だ。何か思うところがあるのだろうと、見守ってくれていたのだろう。しかしそれでも限界はあった。それが今だと理解して、陽翔はこくりと頷く。

「じゃあ、先に俺の部屋に行ってて」

そう言い残して、一度リビングへと向かう。すでに帰宅していた母親に雅義を泊めることを伝え、すぐには部屋に向かわず、一度洗面所に寄った。

冷たい水で顔を洗い、腹をくくる。そうして自室に戻ると、雅義はベッドの端に座っていた。

「陽翔、俺のこと避けてるだろ？」

陽翔が椅子に座るのを待って、雅義が切り出した。核心をつく言葉に、陽翔は言葉を詰まらせる。

「理由、訊いてもいいか？」

ちらりと視線を向ける雅義の、黒い瞳を見返す。低く響く声もさることながら、流し目に見るその仕草は、同じ歳とは思えない程大人びて感じられる。

「言いたくないって、言ったら？」

どう答えるのだろうかと考えて、わざとそんな言葉を口にすると、雅義は軽く肩を竦めてみせた。

「陽翔がどうしてもって言うなら、今は無理には訊かない」

考えるまでもなく、雅義はきっぱりとそう口にする。

「でも、言える時が来たら、ちゃんと話して欲しい」

友達だから、と付け加える雅義の瞳は真摯《しんし》なものだった。真っ直ぐに陽翔を見て、心からの信頼を訴える。そんな彼の視線が眩しくて、陽翔はわずかに俯《うつむ》いた。

「陽翔？」

「……ごめん、雅義」

謝罪を口にすると、雅義は首を横に振る。別にいいよと微笑む顔に、泣きたくなった。

不安だろうなと、陽翔は思う。幼い頃から親に放任されて育ってきた。そのせいか、雅義は未《いま》だに他人との間に壁を作っている節がある。それでも唯一、陽翔にだけは心を許していた。幼い頃からずっと、無二の親友として陽翔の傍に居続けた。

そんな陽翔に、訳も判らず避けられている。心から信頼を寄せている相手の仕打ちに、傷付かないはずがない。それなのに、雅義は陽翔の感情を優先してくれる。

（そんなに優しくされたら……）

諦めようと、気持ちに整理を付けようと必死なのに、こんな状況でも優しく、大切に扱ってくれる雅義に陽翔の気持ちは乱されていく。好きだという感情が、とめどなく溢れてくるのが判った。

このままでは駄目だという想いが陽翔の中に浮上する。このまま誤魔化し続けても、きっと雅義を悩ませるだけだ。だったらこの辺りで、きちんとけじめを付けるべきだ。

「雅義」

理解を示しつつも立ち去ろうとしない雅義を陽翔が呼ぶ。雅義の座るベッドの前まで移動して、彼の前に膝を付いた。

見上げる陽翔の瞳に、戸惑いを孕《はら》んだ雅義の表情が映り込む。物問いたげなその様に、陽翔は苦笑を浮かべてみせた。

「避けたりして、ごめん」

「……陽翔」

「ちゃんと話すべきだよな」

陽翔に無理をさせたくないという想いと、そして話を聞きたいという気持ち。両方の感情に雅義は瞳を揺らす。

「前に一度、言っただろ。俺はおまえのことが……好き、だって」

この言葉に驚きを滲ませる雅義の様子は、初めて告白した時と同じものだ。

そのことを悲しく思うものの、陽翔はどうにか平静を保とうとする。

「おまえが応《こた》えられないことは、最初から判ってた。ただ俺の中で整理が付かないから、だから告白した。これで終わりにしようって思っていて、だから……伝えたんだ」

強調された語尾に、雅義が眉根を寄せる。戸惑いよりも不安を多く感じているのか、彼の表情は怯《おび》えさえ孕んでいた。

「でも、違った。本当は、心のどこかで期待してたんだ。もしかしたら、雅義が応えてくれるかもしれないって……でも、やっぱり現実では無理だった」

「陽翔、俺は……」

慌てて何かを言いかけた雅義を、陽翔は制する。

「言っただろ。応えて貰えないことは判ってたって」

頭では理解していた。でも、感情は付いてこなかった。それだけのことだ。

「でも、どこかで期待していた部分があって、そのことに気付いてから、なんだか辛くて……おまえの顔、まともに見れなくなった」

目頭が熱くなる。けれどここで自分が泣くわけにはいかないからと、陽翔はぐっと涙を堪えた。

「ごめん、雅義。……でも、好きなんだ」

困惑に震える手を握り締め、言葉を絞り出す陽翔に雅義は首を横に振る。同時に伸ばされた彼の手が、陽翔の手を掴んだ。

強く握り締める彼の指もまた、震えていることに陽翔は気付く。

「……雅義は、どうしたい？」

握る手を握り返して、陽翔は問う。

「おまえの意見を聞かせて。おまえに、こんな感情を持った俺は、気持ち悪い？」

再び雅義が首を振る。そんなはずがないと、否定を示す。

それに安堵の息を吐き、陽翔は微笑みを浮かべる。

「……ありがとう」

「陽翔は、友達、だ」

礼を告げる陽翔に、雅義は口を開く。酷く苦しげな様子で、言葉を絞り出していた。

「おまえは、俺の友達、だろ？」

「雅義？」

「ずっと一緒にいてくれるって、言ったよな？」

遠い昔の拙《つたな》い約束を、雅義もまた覚えていた。雅義を必要とする陽翔に、ずっと一緒にいて欲しいと告げた雅義。あの声を、陽翔は今も鮮明に覚えている。

あの時と同じ、一緒にいて欲しいと望む雅義に陽翔は唇を噛《か》む。好きな人に必要とされることが嬉しくて、けれど自分と同じ気持ちでないことが寂しかった。

「それが、おまえの望み？」

雅義が、こくりと頷く。手は握ったまま、もう片方の手で陽翔の頬《ほお》に触れてきた。

「ずっと一緒に……陽翔と、一緒にいたい」

込み上げるものを噛み殺して、雅義は告げる。

「大学に行っても、大人になっても、陽翔と一緒にいたい。馬鹿なことをして、笑って、そうやって傍にいたいんだ」

「……もうすぐ、卒業だろ？」

「そんなことは関係ない。気持ちが一緒だったら、それでいい」

現実的な距離は問題じゃないと、雅義は言う。互いを大切に想う気持ちがあったなら、本当の別れにはならないはずだ。

「でも、付き合うのは……駄目、だ」

苦しげに吐き出された言葉に、陽翔の胸は締め付けられる。痛みを覚えて俯く陽翔に、雅義は力なく首を振る。

「だって、そうだろ。今まで友達だったのに……恋愛なんてなったら、駄目になる、だろ」

「それは……」

「俺は、そんな感情、信じられないよ」

純粋に相手を想う気持ちではないと、雅義は言う。友人でいたいと願う感情を否定することは陽翔には出来なかった。

黙り込む陽翔に、雅義はもう一度その言葉を口にする。

「俺は、陽翔とずっと、一緒にいたい」

だから、と告げたところで雅義は言葉を詰まらせる。両腕を陽翔に回し、強く抱き締めてくる。まるで捨てられるのを恐れているかのような仕草に陽翔は苦しげに目を細めた。触れる体温に感じるものは、雅義と陽翔とでは全く違う。そのことが判るから、抱きしめ返すことは陽翔には出来ない。

震える手を身体の横で握り締め、陽翔はそっと息を吐く。

ごめんなさいと、もう一度、心の中で呟いた。

「一緒だよ。ずっと一緒にいたいって、俺も思ってる」

形はすでに違っていたけれど、傍にいたいと思う気持ちは本当だった。

だから、と告げる陽翔に、雅義の腕が緩む。わずかに離れた体温を名残惜しく思う気持ちを振り切るつもりで腕を外させた。

「でも今はまだ、気持ちの整理が付かないんだ」

雅義が許してくれるなら、友達でいようと思っていた。最初から考えていたことだ。陽翔の気持ちが受け入れられることはない。だから告白して振られても、せめて彼の友人として、これまでと同じに傍にいる。居続ける。それが陽翔に許された、唯一の救いだ。

それなのに今は、傍にいることがただひたすらに苦しい。

「だから、少しだけ時間をくれ」

「陽翔……」

「せめて一年、時間が欲しい。その間に、きちんと気持ちの整理を付けるから」

陽翔の言葉に、雅義が不安げな表情を見せる。納得のいかない様子に、陽翔は彼の手を握る。

「どうせ離れるんだから、一年なんかすぐだろ?」

別々の大学に進学して、住む場所も離れてしまう。頻繁に行き来出来る距離ではないから、どちらにしろ会うのは年に一度か二度だ。

そんな環境下での一年は、きっとすぐに過ぎ去っていく。

(この気持ちも、いつか消えてなくなる)

今は苦しいだけの感情も、いつか笑い話に出来る気がする。それまでに少しだけ、時間が欲しかった。

「でも、陽翔……」

戸惑いを孕んだ声で、雅義が呟く。困惑を浮かべた表情は、まるで捨て犬のように見える。可哀想なことをしていると思った。人に対して不審を抱きがちな雅義を、心から信用させてやれない。この期に及んで雅義が欲しいと思う自分の浅ましさが、ただただ腹立たしい。

雅義の手が、陽翔の頰に当てられる。温かなそれに触れられてそっと目を細めると、彼は愛しげに撫《な》で擦《さす》る。耳の辺りから頰、そして顎《あご》へと指を滑らせ、口を開こうとする。しかし見つめる陽翔の視線を受けて、雅義は言いかけた言葉を飲み込んだ。

ぐっと何かを堪えた雅義の様子に、陽翔は顔を伏せる。視線を逸らせた陽翔を見つめ、改めて口を開く。

「……一年、だよな？」

それはまるで、自分自身に言い聞かせているかのような声だった。

「一年経《た》ったら、前みたいに戻れるんだよな？」

「うん、ちゃんと戻るから」

だから、信じて欲しい。

祈りを籠めて伝える陽翔に、雅義は一度目を閉じて、何かを吹っ切るかのように静かに頷いた。


それからすぐに、卒業の日はやってきた。

きちんと話し合ったこともあって、あの日以来、陽翔は必要以上に雅義を避けることはなくなった。雅義もまた、必要以上に陽翔を構うことを止めてくれていた。

二人の間に流れる微妙な雰囲気に、根岸を始め他の友人たちは不思議そうに見つめていたが、誰にも何も問い質されることもなかった。

そうして束の間の別れと信じて、陽翔たちはそれぞれの道へと踏み出した。

2

電子音に急かされて、手探りでサイドボードに触れる。音の発生源である携帯電話はそこにはなくて、代わりに置かれていた小さな容器が床へと落ちた。

「あー、もう……」

自分の失態に気付き、陽翔は憎らしげに呟く。だるい身体を起こして、床に落ちた容器を取る。ついでに近くに落ちていた携帯を拾って、音を止めて画面に目を向けた。

目覚ましのアラームかと思ったが、電話の着信を知らせていた。画面の見慣れた文字を目を細めて見つめ、通話を繋《つな》ぐでもなく切れるのを待った。

「ん、……なに？」

「悪い、俺の携帯」

「……切っとけよ、んなの」

心地よい眠りを邪魔されたことに、隣で眠るその男は苛立《いらだ》たしげな声を出す。舌打ちまで零し、ごろんと寝返りを打った拍子に顕《あら》わになった背中を、朝の光の中でぼんやりと見つめる。

先日知人に紹介された二歳上のこの男と、陽翔は付き合っている。最初に見た時には、大きな身体の割に笑顔が優しい印象で、性格もきっと穏やかで優しいのだろうと思ったけれど、男が優しかったのはベッドに入るまでだった。

朝になるといつも、不機嫌な形相で陽翔のことには構わなくなる。その態度はまるで、身体にしか興味がないと言われているようだった。

(そろそろ、限界かもな)

付き合い始めて二週間。その間に会ったのは、昨日を入れて五回。どれも相手からの呼び出しで、決まって夜だ。会う度に会話もそこそこに抱き合うのは、正直辛いものがある。やれるだけの相手が欲しいわけじゃない。そんなことを考えてベッドを抜け出すと、手の中の携帯に視線を落とした。

「んだよ、もう行くのかぁ?」

愛想のない奴だと、ベッドの中から舌打ちが聞こえる。

「レポートの提出日なんだよ。行かないと単位落とすし」

「あっそ……あ、ホテル代、半分置いてけよ」

「……判ってる」

恋人同士というには程遠い会話に溜息を吐きつつも、陽翔は財布の中からきっちり半額を出してサイドボードに載せておく。上着を羽織ると、振り返ることなくホテルの部屋を後にした。

裏路地から表の道路に出ると、通勤者の波に逆らって駅の方へと歩き出した。

(もう、二ヶ月か)

約束の一年はすでに過ぎていた。あの日の陽翔の言葉を守り、ちょうど一年後のその日に雅義からの最初の連絡が来た。しかし陽翔がその電話を取ることはなく、二ヶ月が経過していた。

あれから一度も会っていない。元気にしているだろうかと考え、そんな自分に苦笑を漏らす。考えても仕方がないことだと見切りを付けて、陽翔は帰路を急ぐことにする。

駅前にある単身者用のアパートを前に、乾いた欠伸を零す。階段を上って自宅のドアに目を向けると、そこに人の影を見た。

「え……？」

ドアに背を当てて座り込む姿に、陽翔は目を見張る。まさかという思いに反して、陽翔の方を向いたその顔は、さっきまで考えていた人のものだった。

「……雅義？」

半信半疑に呼ぶ声に気付いて雅義は立ち上がると、懐かしさに笑みを浮かべた。

「久しぶり」

にこりと笑うその人に、陽翔はわずかに後ずさる。しかしそんな自分をどうにかその場に留め、信じられない気持ちで彼を見た。

「なん、で……なんで、おまえ」

「電話しただろ？」

「電話って、だって……」

「メールもした」

二ヶ月前から、何度か掛かってきた雅義からの電話に、陽翔が出たことは一度もなかった。メールも同じで、陽翔は返信をしていない。

「何かあったのかと思って、心配したんだ」

「何かって……だって……」

雅義は、陽翔との約束を守って一年間、一度も連絡を入れなかった。陽翔も同じで、雅義に連絡したことは一度もない。

一年間のブランクのある相手に、連絡が付かないからとわざわざ足を運ぶだろうか。交通の便は悪くないとはいえ、雅義の住む場所からここまで電車で二時間はかかる。

「だって、おまえ……俺、いなかったら、どうするんだよ？」

「友達と連絡が取れなかったら、心配するだろ？」

驚きのまま凝視する陽翔とは対照的に、雅義はさらりと告げる。

当然のことのように言われ、陽翔は顔に手を当てて項垂れた。

「陽翔？」

そうだった、と胸の中で呟く。普段、歳よりもしっかりして見えるから忘れがちだが、雅義は時々常識から外れた行動をとることがある。

そういうところは変わっていないのだなと、呆れ半分に改めて彼を見た。一年の歳月は短いようで長い。会わない間に雅義の姿は以前にも増して大人びたものに変化していた。

「でも、何もなかったみたいで安心した」

いつまでもこんなところにいるのもなんだからと、鍵を開ける陽翔に雅義が告げる。

「おまえ、昔から抜けたところがあっただろ。連絡が取れないって思った時に、本気で心配になったんだ」

何かあったのではないか。事故にでもあって怪我でもしていたらどうしよう。一度考えてしまうととりとめもなく溢れる不安に堪らなくなって、取るものもとりあえず駆け付けたのだと言う。

（そういうところも、変わらない）

陽翔のことを一番に考え、心配してくれる。そういう優しさもまた変わらない。

「狭いけど」

雅義を促して室内に入る。六畳のフローリングの部屋と、三畳のキッチン、それにユニットバスのついた室内はどこも狭く、大の男が二人入ると窮屈に感じられた。

「一年ぶり、だな」

ベッドの横に置かれた小さな机の前に座り、雅義は改めて陽翔に告げる。

「元気にしていたか？」

「ああ、雅義は？」

「相変わらず、かな。一人になったから、前より楽になった気はする」

気まぐれに戻ってくる父親の存在が、ずっと雅義を苦しめていたことを陽翔は良く知っている。

一人になったことを気楽になったという雅義の気持ちを推し量ることは出来ない。けれど本当に、少しでも楽になっているのなら良かったと思う。

「そっか」

小さく呟いて、そのまま口を閉じた。静まり返った室内で、陽翔は黙って机の上を見つめていた。

「陽翔は……」

沈黙を破ったのは雅義だった。

「陽翔は、どうだった?」

低く深く、身体の芯まで届くかのような声だった。その一言に、一年という時間を閉じ込めた雅義の気持ちを感じ取り、陽翔は机の上に置いた手に力を籠める。

「別に……相変わらず、かな」

苦笑を浮かべて、出来るだけ平静を装う。

「学校とバイトばっかりで、結構忙しくやってる」

「じゃあ、今日もバイトだったのか?」

最初、何を言われたか判らず首を傾げかけた陽翔は、しかしすぐに今まで外出していたことを問われたのだと気付き、思わず目を見張る。

陽翔は慌てて頷き、そのまま赤く染まった頬を隠した。

その後も、会話はあまり続かない。雅義はひとつひとつ、思い出しては話をするが、陽翔の方は適当に相槌《あいづち》を打つばかりで、自分から話をすることはなかった。

俯いたまま、黙って雅義の声を聞く。時間が経つにつれ増していく息苦しさに、いつしか右手で左の手首を擦っていた。

「もしかして、忙しかったか？」

陽翔の様子に気付き、雅義が問い掛ける。

「用事があったんだったら、今日のところは帰るけど」

「……講義、昼、から」

ちらりと時計に目を向けて、陽翔は小さな声で呟くと、雅義は浅く息を吐いた。

「そっか。じゃあ、悪かったな」

首を横に振った陽翔の様子を見てから、雅義は腰を上げた。玄関へと向かう彼を送るべく、一歩遅れてついて行く。靴を履いたところで、雅義は陽翔を振り返った。

「なぁ、陽翔」

「……うん？」

「俺は約束、ちゃんと守ったよ」

突然告げられた言葉に、陽翔は息を飲む。真っ直ぐに見つめる雅義の瞳を受け止めたまま、動くことすら出来なくなった。

たたずむ陽翔に、雅義は言葉を続ける。

「だから、陽翔も守って欲しい」

「……雅義」

「親友に戻るって、陽翔、言ったよな？」

一年だけ待って欲しいと、確かに陽翔はそう言った。

かつて自分が告げた言葉を繰り返されて、陽翔は焦燥を覚える。きつく拳《こぶし》を握りしめ、湧き起こった動揺を抑え込む。

「ああ……言った」

「守って、くれるよな？」

「うん……うん、守るよ」

雅義を見つめたまま、陽翔はその言葉を口にして、唇に笑みを浮かべてみせた。

「良かった」

どうにか動揺を押し殺した陽翔の表情に、雅義が安堵の声を出す。

「おまえが携帯に出ないから、そういうのも不安だったんだ」

「……久しぶり、だったから……なに話したらいいか、判んなくて」

嘘を交えた真実を告げる陽翔に、雅義は口元に指を当てて苦笑を漏らし、目の前の陽翔を慈しみの籠った瞳で見た。

「その気持ちは、俺も判るよ」

「今度からは、ちゃんと出る、から」

「そうして。……でないとまた、心配になるし」

そう言い置いて、雅義は今度こそ家を後にした。

ぱたんと玄関のドアが閉じて、差し込んだ光が消える。狭く薄暗いキッチンの横で、陽翔の膝はガクリと崩れ落ちた。

がたがたと震える身体に腕を回して抱き締める。自身に触れた指先が、陽翔に違和感を覚えさせた。

そっと手を剝《は》がし、そこを見つめる。ほんの少し前まで他の人に触れていた指だ。雅義ではない人の肌に触れ、触れられて、そうして赤の他人の皮膚をまさぐった。リアルな感触が指先に生じ、陽翔の意識を苛《さいな》んでいく。自分自身がひどく汚れてしまったようで、それを雅義に知られたのではないかと思うと、ただひたすらに怖かった。

(そんなの……今更)

男と寝ることには最初から抵抗はなかった。陽翔の恋愛の相手はもうずっと雅義に限定されていたから、同性を好きになる性癖だろうと思ってはいた。一人暮らしを始め、付き合った男に初めて抱かれた時も不快には感じなかった。

でも、そんな考え自体が間違っていたのだと、今まさに知らされた気分だ。もう会うこともないだろうと、会うにしてももっと先になると思っていた相手だ。不意打ちを食らって、こんな形で再会して、心の準備もないままに彼を見た。昔と変わらない、けれどあの頃よりも更に精悍になった顔立ちをひと目見た時、陽翔は逃げ出したくなった。

男に抱かれてきたこともそうだ。幼馴染の、大切な初恋の相手にそんなことを知られるのが嫌だったということもある。しかしそれよりも嫌だったのは、この一年で付き合ってきた相手に、ずっと雅義の影を見出《みいだ》そうとしていたことに気付いたからだ。

（全然、忘れられてない……）

雅義に対する恋慕の情を、陽翔は忘れようとした。彼と離れて大学に入り、様々なことに目を向けて、雅義のことは考えない事にした。好きな人でも出来れば変われるだろうという単純な理由で恋人も探し、けれど陽翔の目に留まるのは可愛い女の子の姿ではなく、雅義に似た大人びた男ばかりだった。

大学に入ってから知り合った同じ性癖を持つ相手に、恋人を紹介して貰って初めて付き合ったのは、半年以上前のことだ。いいなと思って付き合ってみても、何故だかいつもしっくりこない。思っていたよりも優しくない、というのが別れる時の陽翔側の理由だった。

当たり前だと、改めて陽翔は思う。

陽翔の根底にあるものは雅義の記憶だからだ。彼を基準にして考えたら、どんなに優しい相手であっても敵《かな》うはずもなかった。

（雅義……雅義、まさよし！）

頭の中で、彼の名を呼ぶ。そうして腕に爪《つめ》を立てて引っ掻《か》いた。上着を着ていたから、傷になることはない。けれど引っ掻いた痕《あと》はいつまでも小さな悲鳴を上げていた。

狭い路地に入ったところにある、小さなカフェが陽翔の行きつけの店だった。

食事のメニューは少なく、珈琲《コーヒー》や紅茶、ハーブティなどの飲み物をメインで提供していて、夜にはカクテル類が追加される。大学の近くということもあって、この手の店にしては比較的リーズナブルな価格設定だ。そして何より隠れ家的な立地条件のお陰か、二階の席は常に空いている状態で、陽翔は気に入っていた。

暇な時間があると、ここで本を広げているのが常だった。そして今日もまた、バイトまでの時間を潰そうと決まった席に腰を下ろした。

しかし今日に限っては読書に集中出来ず、陽翔は手元の携帯を何度か見ては溜息を吐く。こんなことをしていても仕方がないと頭では判っていても、陽翔にはどうすることも出来なかった。

「あっれぇ、また一人でいんのぉ？」

不意に間延びした声がして、そちらを振り返る。客の少ない店内で、片手を上げて近付いてきたのは陽翔の良く知る人物だ。

「……山脇《やまわき》さん」

テーブルまで近付いてきて、前の席にどかりと座る。陽翔より二歳年上の彼は、バイト先での元先輩だ。同じ大学に通っていると知ったのは、山脇がバイトを辞める前の日だった。

「こないだ紹介した奴、また駄目やったんやって？」

独特なイントネーションで話す山脇に、陽翔は曖昧な視線を向ける。紹介して貰った手前、なんと言って良いか判らない。

「ま、こういうのは相性やからねぇ」

「ごめん、なんか……紹介して貰ったのに」

「それはええんやけど……」

苦笑混じりに返されて俯いてしまうのは、山脇とのこんなやり取りが初めてではないからだ。

陽翔がバイトとして入った一週間後に山脇はバイトを辞めてしまったから、本来なら知り合いという程でもない相手だった。しかしそれだけで終わらなかったのは、歓送迎会と称した飲み会にいった時、山脇が陽翔の耳元でとんでもないことを耳打ちしたからだ。

『結構、同類見分けるん得意なんよ』

他の人には聞こえない声で囁《ささや》いて、意味深な視線を向けてくる。最初は何を言われたか判らず首を傾げた陽翔に、山脇は今度ははっきり『男が好きやろ？』と言ってきた。

戸惑って、思わず否定したものの、数日後に学校で遭遇した時に、山脇はもう一度そんな話題を振ってきた。無視するべきだと思ったけれど、その頃すでに女の子に興味が湧かない自分に辟易《へきえき》していたから、陽翔は曖昧に頷いたのだった。

以来、山脇には色々なことを教わり、相手を紹介して貰ったりもしていた。

「ま、陽ちゃんの場合、それはしゃーないわなぁ」

そう告げて、山脇は細身の煙草に火を付ける。背凭《せもた》れに深く凭れてぷかりと煙を吐き出す姿は、眉を整え、短い髪を金髪に染めた派手な姿にやけに似合って見えた。

「綺麗な顔して性格地味で、気持ち一途でって、なにそれって思うもん」

おもむろに陽翔へと手を伸ばし、縁の分厚い眼鏡を引き剝がす。山脇の戯れにむっと表情を曇らせて、陽翔はぼそぼそと言い返す。

「……それ、どういう意味だよ」

「女の子みたいって言ってんのん」

山脇の言いたいことは良く判らなかったけれど、含みを持たせた言葉使いや呆れた様子から、馬鹿にされたことだけは判る。

不機嫌を隠しもせず、取られた眼鏡を乱暴に奪い返す陽翔に、不意に彼の手がテーブルに向かう。

整えられた爪の先が、とんと叩いたのは陽翔の携帯だ。

「ソレ、返事せぇへんの？」

さっきまで、小さな音を立てて震えていたことに、山脇も気付いていたのだろう。本の上に置いていたからテーブルにまで振動を伝えることはなかったが、気付かない程小さな音でもない。

するりと撫でる指の動きを追って、そのまま目を逸らす陽翔に、山脇は盛大な溜息を吐きだした。

「あーもー、そういうところが女の子みたいって言ってんの！」

見た目でいうなら、山脇の方が線が細くて中性的な印象だ。そんな相手が何を言うのかと眉根を寄せる陽翔に、彼はぴしりと指を差した。

「友達だか昔の恋人だか知らんけど、いつまでもそんなん引きずっててどうすんの？」

雅義からのメールや電話は、依然続いていた。それでも前と違うのは、最近では数回に一度は必ず、陽翔からも返信を入れることだ。そうしないとまた、雅義が来ないとも限らない。

（来て、欲しくない……）

正直、会いたいという気持ちは今も大きい。けれど今の自分を見られたくなかった。

「雅義は、友達だし……」

「ああもう、そんな顔で言われても信憑性《しんぴょうせい》ないわ！」

俯きがちに呟いた陽翔に、山脇が喚《わめ》く。黄色い頭を掻きむしり、再び陽翔へと向き直る。

「……ま、好きになったもんは仕方ないわな」

黙り込んだ陽翔に、彼は再び紫煙をくゆらせた。

「親友好きになるとかって、うちらの間やったらようある話やし」

「……山脇さんも、あった？」

「うちの場合は、ちょっとちゃうけど」

笑っているのに、ちらりと見た山脇の瞳だけが寂しげな色を見せていたから、陽翔も顔を上げて彼を見返した。

山脇には隠す必要がないから、友人として付き合っていても気が楽だった。あけすけ過ぎて時には驚愕《きょうがく》どころか呆れるところもあるけれど、少なくとも嘘はなかったし、陽翔も自分を偽る必要がなかった。

じっと見つめる陽翔の視線を受けて、山脇は吸いかけの煙草を灰皿へと押し付けるとにこりと笑って身を乗り出した。

「何にしても、失恋には新しい恋やわ。今度また友達らとパーティーするから、陽ちゃんもおいで」

「……でも、」

「もっと相性いい相手とか、探したらきっと見つかるって。陽ちゃん、地味やけど顔はいいんやから、うちの友達の間でも人気あるんよ?」

関西弁混じりの女言葉で告げられて、陽翔はわずかに目を伏せる。先週、雅義に会ってからだ。あれ以来、未だにそういう気分にはなれないでいる。

「ほら、浮上しぃ！　一途もええけど、もっと前向きに建設的にいこ！」

にこやかに励まされ、陽翔も釣られて笑みを浮かべる。何より慰めてくれていると判る山脇の態度が、正直有難くもあった。

「そう、だな……」

いつまでもくよくよと、昔の恋を引きずっていても仕方がない。これから雅義とは友達として付き合って行くのだ。そのためにも彼とは違う誰かを見付けて、前の恋を終わらせる。確かにそれが一番良い方法だ。

「じゃあ、決まり！　あ、当日は携帯の電源、切っておき。それか連絡すんなーって、言っとき」

「ん、そうする」

週末の土曜だから空けておけと、笑って告げる山脇に、陽翔は素直に頷いた。


カフェレストランの地下にあるその店は、以前倉庫だった場所をパーティースペース用に改装したらしく、独特の雰囲気を醸し出していた。

山脇に誘われた時には、数人程度の飲み会を想像していたのだけれど、実際には会員制の大きな集まりだった。正規の会員と招待された客のみが入れる仕組みで、中には数十人の男女が入り乱れている。男性ばかりでないのは、女性の同性愛者もいるからだ。

煩《うるさ》い程の音量で流れる音楽の中を、陽翔は一人バーカウンターの端に座って時間が過ぎるのを待っていた。

正直なところ、こういう集まりはあまり好きではなかった。内向的な性格で、一人で静かに過ごす方が好きな陽翔には、ここはあまりに騒がしすぎる。それでも気遣って誘ってくれた山脇の手前すぐに帰るのは憚《はばか》られ、折り合いを見て外に出た。

時計を見ると、九時を過ぎたところだ。早めに切り上げたにも関わらず、どっと疲れが押し寄せてくる。肩を落として帰ろうとしたところで、後ろから声が掛けられた。

「君が、ハルくん?」

問われて振り返るものの、今し方店から出て来たらしい相手の顔に、陽翔は覚えがなかった。首を傾げてみせると、相手は何故だか苦笑する。

「ナツヒコくんの友達だろ?」

夏彦《なつひこ》というのは、山脇の下の名だ。

「……あんたは?」

「僕も、ナツヒコくんの友達」

黄色い照明に照らされて、にこりと笑う顔が見て取れた。顔立ちはどこかぼやけた感じだが、垂れ目のせいか笑うとどこか可愛い。歳は三十代に見えるけれど、実際にはどうだか判らない。

「今フリーだって聞いたから声掛けようと思ってたのに、もう帰っちゃうからさ」

「これからちょっと、用事あるんで」

「そうなんだ。残念」

残念だと言いつつも、表情にはあまり残念がっている様子はない。細い目を更に細めてにこにこと笑っている。

それじゃあ、と言って踵を返そうとした陽翔の方に、男は慌てて足を踏み出した。

「待って！」

そう告げられて、思わず逃げ腰になる。しかし相手は陽翔の腕を掴むこともなく、隣から身を乗り出したかと思うと、名刺を差し出した。

名前と携帯の番号が記されているだけで、他の一切の情報は見当たらない。

「怪しいって思ってるなら、ナツヒコくんに訊いてくれたらいいよ。で、もし興味があったら、ここに連絡して」

「……この名前って」

「うん、本名。だから、誰かれ構わず声かけてるわけじゃないよ？」

陽翔の意図を察して、相手はそう付け足した。渡された名刺に書かれていた名は、『菱《ひし》沼《ぬま》巌《いわお》』となっている。

「それじゃあ。急いでるとこ、引き留めてごめんね」

それだけ言って、菱沼はすぐに店の方へと戻って行った。

調子良く声を掛けてきたわりに、やけにあっさりと引き下がる相手の態度が陽翔の意識に引っかかる。衣服自体はハイネックのシャツに黒のジャケットというラフな格好だったけれど、後ろに撫でつけた髪型のせいか、やり手の商社マンという印象がある。

大人びた印象と笑顔とのギャップに、なんとなく興味が湧いた。とりあえず今度、山脇に訊いてみるかと考えて、陽翔はさっきよりもゆっくりとした足取りで家へと向かった。

着信に気付いたのは、最寄りの駅から家へと向かう途中だった。店にいた時には携帯は電源を切っていたから、いつ掛かってきたかは判らない。表示された時刻と雅義の名を目にして、陽翔は眉根を寄せた。

今日は出かけるから電話をしても出られないという旨は、昨日のうちに雅義に伝えてあった。それでなくても、雅義から連絡が入ると、どうにも気が滅入《めい》ってしまう。未だ彼に対する気持ちは、陽翔の中で整理がついていなかった。

浅く息を吐いて、携帯を持ち直す。気持ちを落ち着けてからリダイヤルを押すと、少しして雅義の声が聞こえてきた。

『はい。……陽翔？』

覚悟していたはずなのに、名前を呼ばれただけで心臓が大きな音を立てた。息を飲み、黙りかけた自分を叱咤《しった》してどうにか言葉を紡ぐ。

「え、と……電話、した？」

問い掛けると、相手は「うん」と答える。その声は低く、沈んだものに聞こえた。

「用事、なに？」

『陽翔、今日は何してた？』

陽翔の問い掛けには答えず、反対に雅義から問われる。普段よりもずいぶんと低いその声をいぶかしく思いつつも、陽翔は適当に応える。

「バイトの後、飲みに行ったってぐらい、だけど？」

報告する程のこともない、日常の延長だと告げる。しかしこれに返されたのは、深い溜息だった。

「雅義？」

『陽翔って、さ』

どうしたのかと問う陽翔に、雅義は一度言葉を区切り、唾《つば》を飲み込んだ先でようやく続きを口にした。

『俺のこと、どう思ってる？』

「え……」

『本当のこと、教えて。俺のこと、どう思ってるんだ？』

歩いていたはずの足が、その場で止まる。自宅の建物はすぐそこに見えている。しかし陽翔の足は、そこから一歩も動こうとはしない。

『なぁ、陽翔。……教えて』

「雅義、は？」

『え、なに？』

「雅義は、俺のこと、……どう思ってんの？」

問い返す言葉に、雅義が押し黙る。わずかな沈黙の間、何を考えているのだろうと考えていた。

しばらくした後に、雅義はぽつり、こう呟いた。

『俺は、……一番大切に、思ってる』

もう一度歩き出そうと踏み出した足が、またも止まった。歩くことさえ忘れた陽翔の耳に、雅義は更にこう続ける。

『一番大切な、親友……だって、思ってる』

「……雅義」

『ずっと一緒だって、思ってる。誰よりも大切な奴だから……』

誰よりも大切だと言われ、けれどその気持ちは友情だと雅義は言う。

陽翔は今度こそ歩き出した。足を止めることなく、乾いた笑みを零して、家へと向かう。

『陽翔？』

浅く響いた笑い声に、雅義が問い掛けてくる。目を細めて額に手を当て、陽翔は言葉を紡いだ。

「うん……俺も、同じだ」

口から滑り出たのは、明らかな嘘だった。

「おまえのこと、大切な……友達だって思ってるよ」

『本当に？』

「うん、本当。だから、安心して」

苦笑混じりに告げて、目元を手で覆う。通りがかる人影はなくて、それでなくとも暗がりでは人の表情なんてほとんど見えない。それを良いことに、陽翔は溢れた涙を頬へと落とした。

『良かった』

ほっと、耳元で安堵の吐息が聞こえる。その音を聞き、陽翔は声が震えてしまわないよう咽喉に力を入れた。

「まだ外だから。話、それだけなら切るぞ」

『あ、陽翔……』

これ以上は話していられなくて、何かを言いかけた雅義を無視して陽翔は通話を切った。眼鏡を外して涙を拭《ぬぐ》い、建物の入り口へと目を向けた時、陽翔はまたも動きを止めた。

「なんで……」

疑問が、口を突いて出た。どうして、と呟く陽翔の声に合わせて、入り口の段差に腰を下ろしていたその人が立ち上がった。

どうしてここに雅義がいるのか。

「陽翔、なんで泣いてるんだ？」

戸惑う陽翔の視線を受け止めて、雅義が踏み出した。それに合わせて陽翔は後ろに一歩下がる。しかし踵を返すより早く、伸びてきた雅義の腕に捕まった。

「なんで、どうして？」

「そんなの、俺の方が……」

「どうして陽翔、泣いてるの？」

さっきよりも優しく問われる。両腕を掴まれ、逃げられないよう真正面から見つめてくる。彼の黒い瞳を、陽翔は未だ信じられない気持ちで凝視した。

「俺のせい？　さっき、おまえに悪い事言ったか？」

「ち、ちが……」

「だったら、なんで？　なんで泣いてるんだ？」

泣いている陽翔を見て、雅義は戸惑いを隠せないでいる。陽翔もまた、突然の雅義の出現に混乱をきたし、思考が上手く繋がらない。ただ涙の訳を隠そうと、そのことにばかり意識が向かう。

必死に首を横に振り、違うのだと訴える。そうして雅義の腕を反対に掴み、どうにか身体を引き離す。

「ちがう……違うんだ。その、これは……今日、ちょっと喧嘩《けんか》、して……」

「喧嘩って……誰と？」

誰かと問われて、不意に浮かんだのは帰り際に会った菱沼の姿だ。他意があったわけではない。ただ、今日最後に会った相手だったということと、軽くではあったものの口説かれたという事実が、陽翔にその存在を思い起こさせた。

「その……付き合ってる、人、と」

本心を、雅義にだけは絶対に知られてはいけないと思った。そうしないと、一年前の約束を破ることになるからだ。きっと雅義は不安に思うだろうし、これ以上傷付けたくなかった。

（それでなくても、一年も、放置した……）

約束の日に連絡してきた雅義の想いを考えると、酷い事をしたと思う。

だから、と陽翔は告げる。

「ちょっと、だけ……喧嘩、して。だから、それでなんだ……」

「付き合ってる奴、いるのか？」

「うん……それで、だから……雅義は、関係ない」

顔を上げて、無理をして笑顔を形作る。雅義を見ると、未だ戸惑いはあったものの、少し安堵した様子が見て取れた。

「……そうか」

「うん、悪い。なんか勘違いさせて」

不審に思われないようにと思うのだけれど、上手く目を合わせられない。そんな様子が気になったのか、雅義が手を伸ばしてきた。

「大丈夫なのか？」

「え、うん……ちょっとした、痴話喧嘩、だから」

「でも、泣いていただろ？」

雅義の指が、陽翔の頬に掛かる。そこに残る涙の痕を撫でる感触に、思わず肩が揺れた。

「だ、大丈夫だって」

慌てて告げて、彼の手をそっと避ける。名残惜しく感じつつも、陽翔はどうにか顔を上げて彼を見る。

「だったらいいんだ」

笑みを浮かべて答える雅義に、陽翔の胸がちくりと痛んだ。それに気付かない振りをして、陽翔は雅義と共に自宅へと入る。

一週間前と同じ位置に互いに座ると、陽翔の感情も少しだけ落ち着きを取り戻した。

「それでおまえ、なんで居んの？」

改めて本題を切り出す陽翔に、雅義はどこかばつの悪い様子で視線をさ迷わせる。

「雅義？」

「……陽翔が、電話に出れないって言うから」

ぼそぼそと告げられた言葉に、陽翔は首を傾げて眉根を寄せる。何を言っているのかと、不審げに見つめる視線を受けて、雅義は更に言葉を続けた。

「だって、心配じゃないか。前だって、俺が来るまで陽翔、一度も電話に出てくれなかったし、それに今だって……」

「え、い、今はだって……」

「たまにしか、出ないだろ」

その通りだったから、陽翔は何も言えなくなる。押し黙った陽翔に、雅義は顔を上げて身を乗り出した。

「だから、本当は迷惑だったんじゃないかって……俺のこと、もう友達と思ってくれていないんじゃないかって……不安に、なって」

それで、気付いた時にはここまで来ていたのだと言う。

「だからさっき、親友だって言ってくれて……ほっとした」

心底安堵した表情を見せる雅義から、陽翔は視線を逸らす。ただ「そうか」とだけ答え、それ以上は何と言って良いのか判らない。

「陽翔？」

その様子にいぶかしげに視線を向ける雅義に、陽翔はこくりと頷いた。

「友達だけどさ。ほら、お互いいろいろ忙しい、だろ」

「そんなに忙しい？」

「学校、とかバイトとか……だから電話取れなかったり、返信忘れたりするんだよ」

「でも、陽翔……」

「そういうもんなんだよ。一年も経ったら、いろいろ変わる」

恐らく雅義は、電話やメールが出来ない程に忙しいのかと言いたいのだろう。それは判るし、陽翔もそこまで忙しいわけではない。それでも雅義からの連絡は、陽翔にとって特別だった。

（声、聞いただけで苦しい、とか）

今もこうやって面と向かって話しているだけで、心臓はドクドクと激しく脈打っている。顔を真っ直ぐに見られないのは、雅義に気持ちが知られてしまいそうで怖いからだ。

俯いたままひたすらに、共に居るこの時間が去るのを待つ。

「……変わらないだろ」

不意に、雅義の声が響いた。

「俺たちの関係は、これからも変わらない。……そうだろ？」

「雅義……」

「そのための一年だろ？　陽翔、そう言ったよな？」

彼の言葉に、肩がぴくりと揺れる。さすがに俯いてもいられずに顔を上げると共に、雅義の手が陽翔へと近付いた。指先が陽翔の指に触れ、置かれたままの手に彼のそれが重ねられる。

温もりに引きかけた手を、雅義がしっかりと握りしめる。

「昔と同じだろ。同じに、陽翔も俺が好きなまま、なんだろ？」

好き、という言葉に、陽翔の頭は眩《くら》む。ぐらりと世界が傾ぎ、わずかに血の気が引いた。

まるで自分の気持ちを言い当てられた気がして、けれどそうではないということも、頭の片隅では理解している。

「同じ……だよ」

混乱を覚えたまま、それでも陽翔は言葉を紡ぐ。

「昔から、変わらない」

昔からずっと、雅義が好きだった。親友でもなく、幼馴染でも家族でもない、好きという形が陽翔の中にはある。そしてその気持ちは、今もまだ変わっていない。

「ずっと……」

言葉を途切れさせた陽翔に、雅義は握る手に力を籠める。ぎゅ、と強く掴まれた手の甲が、酷く熱く感じられた。

その熱があまりにもリアルで、陽翔は抱きつきたい衝動に駆られる。雅義の腕の中に飛び込んで、唇にキスをして、心にあるその言葉の、本当の意味を訴えたなら雅義はどうするだろうか。

浮かんだ情動を必死に抑え、陽翔は深く項垂れた。

「俺もだよ、陽翔」

陽翔の耳に、雅義の声が届けられる。

「俺の気持ちも、前と全然変わらない。おまえのことが大切だし、これからも大切に想っていきたい」

「……雅義っ」

「だから、これからも一番の親友でいよう?」

握られる手の感触が、酷く切なかった。変わらないと言う雅義の言葉は、つまりはそういうことだ。

雅義は、陽翔の気持ちを受け入れられない。

それは一年前から今もまた、全く変わっていないということだった。

（逃げ出したい……）

泣きたくなって、陽翔はそんなことを思う。この場から逃げ出して、誰もいない場所で大声で叫びたい。叫んで、泣いて、彼への思いを喚き散らしたい。どうして判ってくれないのかと、怒鳴ってしまいたかった。

その場から一刻も早く逃げたいという願いが通じたのか、突然陽翔の携帯が鳴り響いた。ポケットから取り出すと、表示には山脇の名が示されていた。

「ちょっと、ごめん」

断りなく帰ってしまったこともあったから、雅義に断って陽翔は携帯を持って玄関へと向かう。靴を足先につっかけて外に出て、先に帰ったことを山脇に詫《わ》びた。

『そんなことより、菱沼さんに声掛けられたって、ほんま？』

息せき切ってそんなことを問う山脇に、陽翔は首を傾げる。菱沼というのは、名刺の男のことだろう。声を掛けられたという程ではないけれどと思いつつも、陽翔はその時の状況を説明した。

『うっわぁ～、陽ちゃん、ええとこ持ってくなぁ』

「ええとこって……何言ってんだよ」

『だって菱沼さん、うちらの中でめっちゃ人気やったんもん！』

菱沼の体格の良さや、落ち着き払った大人な態度が、堅実にパートナーを探している層には人気があるのだと山脇は言う。

『それにあの人、見た目にたがわず誠実なんやって噂やったし』

「あれ、友達じゃないの？」

菱沼の言葉を思い出し、陽翔はまたも首を傾げる。彼の口ぶりでは、山脇とは親しいように思われた。

『知り合い、かな。あそこの店でなんかあった時には、よう来はるから話はするけど。あんなんと親しぃなったら、即行で口説くわ』

鼻息荒く告げる山脇に、これには陽翔も苦笑を漏らす。そういう意味では菱沼は、山脇の好みの範囲なのだろう。

『やからあんたも頑張り！　菱沼さんみたいな男、そう転がってへんで？』

これ以上のチャンスは無いのだからと告げられて、陽翔は戸惑いを浮かべる。

山脇を疑うわけではないけれど、菱沼という男がどういう意図で陽翔に声を掛けて来たのか、その理由が良く判らない。もちろん付き合いたいようなことは言われたけれど、陽翔にしてみれば初対面だし、相手もそう陽翔のことを知っているわけではないはずだ。

一度会っただけの相手に声を掛けられて、すぐに信用しろという方が難しい。

「うん……まぁ、考えてみる」

『悠長なこと言って！　ほんまええ物件やからね。これ以上ええ話なんかそうそうないよ？』

「だから、考えてみるってば」

自分のことのように興奮してみせる山脇に呆れつつも、陽翔はもう一度そう告げて、通話を終わらせた。

静かになった廊下で、陽翔はほっと息を吐く。この電話のお陰で息の詰まる思いはいくらか緩和された。混乱や胸の痛みもずいぶんと楽になり、落ち着きも戻ってきた。

これで取り乱すことだけは避けられる。そう思い、気を引き締めて雅義の待つ室内へと戻った。

「悪い、待たせた……雅義？」

部屋に入ると、何故か雅義は深く俯いていた。胡坐《あぐら》をかいて座っている姿は出て行く前と同じなのに、どうしてか表情だけが険しい。怒りすら孕んだ瞳は、ただじっとテーブルの端に向けられていた。

「雅義、どうかしたのか？」

「……電話、誰から？」

普通に問われたのだったら、陽翔もすぐに答えていただろう。しかしやけに思い詰めた様子で問い掛ける雅義の意図が摑めず、黙ってしまった。

その沈黙に何かを感じたのか、彼は横目にじろりと睨む。

「さっき言ってた奴?」

「さっきって……」

「陽翔、言ってただろ。付き合ってる奴がいるって」

戸惑いに瞳を揺らす陽翔に、雅義は勝手にそうだと理解したらしい。盛大に溜息を吐くと、頭を引っ掻いた。

「ああ、くそ……なんなんだよっ」

小さく呟かれたそれは明らかな独り言で、陽翔に向けられた様子はなかった。ぼそぼそと言葉を続けて、雅義は陽翔を再びねめつける。

普段、微笑んでいることが多いからか、雅義のそういう顔はここ数年、陽翔も見たことがなかった。歳を重ねて精悍さを増した顔で睨まれるのは、驚くほどに凄《すご》みがある。

後ろに下がりかけた陽翔の手首を摑むと、雅義は半ば無理矢理その場に座らせた。

「なんで、そいつの電話には出んの?」

「え……?」

「そいつの電話には出るくせに、なんで俺の電話には出てくれないんだよ」

「出て……る、だろ?」

「立てこんでる時は、出られないんじゃなかったのか?」

山脇からの電話にすぐに出たことが、どうやら雅義の癇《かん》に障ったのだと、ようやく理解する。小さく声を漏らし、戸惑いを表情に浮かべるものの、言い訳が思いつかない。

雅義からの電話に出るのには、陽翔は未だに勇気がいる。最初に未練が浮上し、それを振り払って自分を落ち着かせて、それでも出るか出まいか迷いが生じる。結果的に、電話に出るまでに時間が掛かってしまう。

それでも出る時は良い方で、切れるのを待っているだけの時も多々あった。

「好きな奴が相手だったら、すぐに出んの？」

声を尖らせて責める雅義に、陽翔は自身の手首を握る。何をどう言うべきかと、必死に思考を探る。

「それは……でも、急ぎか、と思うから……」

「俺のは、思わない？」

「だ、て……雅義、何回も掛けてくる、だろ」

「そんなに掛けてない時だって、陽翔、出てくれないだろ」

「それは……だって、それは……」

言葉を探り、視線をさ迷わせ、結局何も言えなくなって口を噤む。深く項垂れた陽翔の上に、ふわりと何かが被《かぶ》さった。

何が、と思うまでもない。温かいそれは雅義の身体だ。

「……そいつの方が、俺より大切？」

項垂れたまま座り込む陽翔の身体を、雅義が優しく包む。背に腕を回して頭ごと抱え込み、そうして耳元で囁いた。

「陽翔にとっては、俺よりも、そいつの方が大切、なのか？」

胸が詰まって声が出ない。それどころか、咽喉の奥が苦しくて、呼吸すらままならなかった。

雅義が、自分を抱き締めている。彼の腕が、頬が、首筋が、肩が。その全てが陽翔の身体を包み込んでいた。

鼻先をくすぐる匂いに、頭の芯が甘く溶かされる。

「俺は、陽翔が一番大切なのに？」

「そ、んな、の……友達、だって……」

「俺はいつも、付き合ってる奴より、陽翔を優先してきただろ？」

雅義の吐息が、陽翔の耳に掛かる。唇が今にもそこに触れそうで、そう考えるだけで心臓が痛い程に鳴り響く。苦しくて、それ以上声も出せない。

付き合っている相手よりも、雅義は陽翔を優先していたという。確かにそうだ。彼女がいる時でさえ、雅義は陽翔の傍にいた。いつでも傍にいて、世話を焼いてくれていた。

（だから、勘違い、したんだ……）

もしかしたら、雅義も自分のことが好きかもしれない。有り得ないことだと判っていたくせに、心の隅に潜んでいた想いを断ちきることが出来なかった。

「誰よりも、陽翔のことが大切なんだ。……おまえは、違うの？」

「なんで……」

「なんでって、親友だからに決まってる」

誰よりも大切な友人だからだと雅義は言う。

優しく抱き寄せている癖に、どうしてそんな酷いことが言えるのだろうか。そう思ってしまうことが身勝手な八つ当たりだと、陽翔も判っている。判っていても、それでも彼を好きだと思う気持ちは止められない。

（くるしい）

息が出来なくて、身体が小刻みに震え始める。苦しくて、もうこれ以上は理性を保っていられない。

「陽翔？」

どうした、と問う雅義の声にも、答える気力はなかった。何よりも抱かれていることで感じる体温や匂いが、陽翔の意識を混濁させていた。

「おれは……ちがう、よ」

苦しい咽喉に手を当てて、どうにか声を絞り出す。

「ちがう、……おれは、好きな人、が……一番、だから」

「好きな人って……」

「付き合ってる、人、が……一番、たいせつ……」

どちらも大切なものだということは理解している。それでも人生の伴侶《はんりょ》と友達を比べるのなら、普通はそう考えるはずだ。

恋人が一番大切だし、互いにそう思って欲しいと願うはずなのに、無理に曲げようとするから、面倒なことになる。

「お、まえ……ばか、だろ」

引きつる感覚を堪えて大きく息を吸うと、気管がひゅ、と音を立てた。それが滑稽《こっけい》な気がして、陽翔は苦笑を漏らした。

「そんな、だから……いつも、長続き、しない……」

中学の頃から何度か、雅義は女の子と付き合うことがあった。けれど誰とも、長続きはしなかった。

それもそのはずだと、陽翔は思う。雅義の中では陽翔は特別な存在で、彼はいつも陽翔を優先してしまう。陽翔が怪我をしたと聞けば、彼女をそっちのけにして陽翔に付き添ったし、どんな時でも常に優先順位は陽翔の方が上だった。

そんな恋人の態度を許せるほどに寛大な人がいるとは、陽翔には思えない。

「でも、親友、だろ？」

陽翔の訴えに、雅義は戸惑いの声を上げる。

「親友、だろ。一番大切だから、特別だから……」

違うと、陽翔は首を横に振る。雅義の肩に手を当てて、彼の身体を引き離す。

「大切、だよ。……でも、ちがう、だろ」

どうして、と陽翔は思う。

「恋人って……そういう、ものだろ」

こんな当たり前のことが、どうして雅義には判らないのだろう。そのことを考えて、そうして浮かぶのは彼の父親のことだ。

育児放棄に近い状態で雅義を放置してきた彼は、女性に対して昔からだらしなかった。幼い頃のことは陽翔も良く知らないが、彼の父親が女性を連れて歩いていた姿を見たことはある。そしてそんな日はいつも、雅義は陽翔の家に来ていた。

そんな環境で育ったせいだろう。雅義はずっと、恋愛に関して不信を抱いたままだ。相手を信用しきれていない、そんな様子が見て取れた。

(可哀想な、奴)

本当の意味で、きっと雅義は誰かを好きになったことはない。そう思うとひどく哀れに思えてくる。

「雅義は……誰か、いないのか?」

未だ震える指先に見切りをつけて、陽翔はどうにか笑みを浮かべる。

雅義に不審を抱かせないよう、どうにか気を張って口を開いた。

「恋人、とか……一年もあったら、おまえ、作ってそうだよ、な」

「陽翔……」

「誰か、いないの?」

聞きたくないくせに、わざとそんなことを問う。すぐに雅義へ向かいかける気持ちを、ほんのわずかでも他に逸らしたかった。

「俺は、だって、陽翔……」

陽翔の問いに、雅義が口を開く。額に手を当てて視線をさ迷わせ、どうにか言葉を紡ぐ。

「だって、陽翔……誰よりも、陽翔が大切なんだ」

「雅義、だから、それは……」

「大切なんだ。陽翔だけ……俺には、陽翔だけなんだっ」

無理をして笑って、ようやく告げた言葉だったのに、どうして気持ちを汲《く》んでくれないのか、理解してくれないのかと、歯痒《はがゆ》さすら浮かぶ。

好きだなんて言われたら、雅義に対する感情が溢れ出してしまう。隠しておこうとした言葉が、迫り出してくる。

寸前でそれらを飲み込み、陽翔は再び項垂れた。

「……帰って、くれないか?」

「陽翔……?」

「俺も、忙しくて、さ……だから、今日のところは、帰ってくれ」

今はどうにか踏みとどまったけれど、これ以上はどうしても耐えられない。訴える陽翔の声に、雅義が動揺を見せる。

陽翔、と呼びかける雅義の声にも答えず、ただじっと嵐が去るのを待つ。陽翔の気持ちをわずかでも察したのか、雅義はおもむろに立ち上がった。

「判った。今日のところは、帰る……けど」

もう何も聞きたくないと望む陽翔に、雅義は言葉を続けた。

「俺はやっぱり、陽翔が一番大切だから」

そう言い置いて、雅義は今度こそ玄関へと向かう。ドアを閉じる寸前に「また来る」とだけ告げ、ようやく彼は去っていった。

静まり返った室内で、陽翔は同じ姿勢のまま座っていた。両手を床に付き、前かがみに座り込んだ視界には、薄汚れた絨毯《じゅうたん》が映る。そこを見るともなく見つめたまま、陽翔は動くことすら忘れていた。

「う……っ」

どれほど、そうしていただろうか。

止まっていた陽翔の時間が不意に動き始めた。咽喉の奥に詰まっていた声が漏れ、指先がぴくりと動く。ほぼ同時に、陽翔の身体はその場に崩れ落ちた。

思考が滅茶苦茶で、何を考えていいのか判らない。ただ床に突っ伏し、涙も出ないまま呻《うめ》き声を漏らす。叫びたくて、喋《しゃべ》っていないと頭がおかしくなりそうで陽翔は無意識に上着のポケットを弄《いじ》った。

「あ……」

携帯を出そうとした指先に、硬い紙が触れる。一緒に取り出すとそれは、帰る直前に渡された名刺だった。

山脇の番号を選択しかけた指を止めて、名刺を凝視する。どうしようかと迷った先で、陽翔の指は登録されていない番号を押し始めた。何度かの呼び出し音の先に繋がったその先で、聞こえて来たのは深く穏やかな声だった。


裏路地にあるカフェの片隅で、陽翔は山脇と向き合って座っていた。

窓際の狭い二人席で、木製のテーブルも小さい。それでも二人分のカップと、小さな一輪ざしを置くには十分な大きさだった。

明るい雰囲気の店内には似合わず、山脇の表情は険しく、陽翔は肩を竦めて俯いていた。

不意に山脇が盛大な溜息を吐き出した。

「ああもぉ、ほんま何考えてんのぉ」

「でも、まぁそれは……」

「ほんまにもったいない。何やってんのかって思うわ」

本気で呆れた様子の山脇に、陽翔は愛想程度に笑ってみせる。唇を引きつらせて笑う陽翔を、ぎろりと睨む。

「……ほんで、保留にした理由は？」

「り、理由って……」

「だから、付き合おうって言われたんやろ、菱沼さんに！」

声を荒げる山脇に、陽翔は慌てて口に指を押し付ける。声が大きいと諌《いさ》めるものの、相変わらず店内は人もまばらで、誰も気にした様子はなかった。

「信じられへん。あんないい人、滅多におらんよ」

そう言われて、陽翔はこくりと頷く。

そのことに関しては、疑うこともないと陽翔も思っている。

あの日、雅義が帰った後に連絡を入れた時、菱沼は陽翔のところにすぐに駆けつけて、陽翔の話を聞いてくれた。

じっと、何を言うでもなく黙って頷く態度もそうだけれど、明らかに弱っている陽翔を見ても、彼は手を出そうとはしなかった。口説かれたという認識はあったから、どうしてだろうと思って問うと、彼は笑みを浮かべて「真面目に付き合いたいと思っているから」と告げた。

「……で、なんで返事せえへんの？」

改めて問われて、陽翔はこくりと頷く。視線をテーブルの上に落とし、おもむろに口を開いた。

「なんていうか……真面目にって、言われたから」

「なんなん、それ」

「だから俺も、ちゃんと考えないと駄目かなって……」

菱沼が真剣なのは、その真摯な態度からも良く判った。一晩一緒にいて指一本触れようとしない事に対しては、本当は男に興味がなく、からかわれただけかもしれないと思いもした。しかし帰る前に今一度付き合いたい旨を伝えてきた時、頬に触れた指が震えていたから、一瞬でも疑ったことを申し訳なくさえ思った程だ。

「ああもう、ほんまもったいない！」

テーブルの端に突っ伏した山脇に、陽翔は慌てて彼のカップを避難させる。しかし反動で肘《ひじ》が当たり、自分の水が膝に向けて倒れてしまった。

「あー……」

またやってしまったと、相変わらずな自分のドジさに呆れつつタオルで水を拭う。幸いにも水はほとんど残っていなかったから、被害は小さくて済んだ。

「あんたのそういうとこも、菱沼さんやったらちゃんとフォローしてくれるよ」

大人だもん、と山脇が呟く。

「そうだね」

あれほど優しくて大人な人だ。菱沼は今まで陽翔が付き合ってきた人たちとは違うと思える。あの震える指先で優しく抱き寄せ、大切に扱ってくれるに違いない。それこそ、雅義よりも大切にして、そして陽翔が欲しているものも与えてくれる。

「判ってるけど、でも、どうしようもないことって、あるだろ」

今もまだ、陽翔の頭の中は雅義に埋め尽くされている。雅義よりどんなに優しくても、どれほど大切にされても、きっと陽翔は比べてしまう。菱沼に雅義の影を重ねて、その違いを噛み締めて違和感を覚えてしまう。

真剣に、本当に陽翔のことを思ってくれていると判るからこそ、菱沼の申し出を受け入れることは出来なかった。

「んなこと言って、逃がしても知らんからね」

「それは……まぁ、俺が馬鹿だったんだよ」

苦笑混じりに呟くと、山脇は「ホント馬鹿」と呟いて窓の外を向いてしまう。呆れてみせていても、昔の初恋に未だ縛られたままの陽翔のことを山脇なりに心配してくれているのだろう。

礼を言うのも変な気がして、心の中で有難うと呟いた陽翔のポケットで、携帯が鳴る。携帯を取ると、菱沼の名前が表示されていた。

「あ……」

「どうしたん？」

「あ、いや……なんでも。ちょっと待ってて」

今の今で、おおっぴらに電話を取ることも憚られ、ちらりと山脇を見て告げる。戸惑う陽翔の様子に気付き、山脇は意味深な笑みを浮かべた。

「早く出たらぁ？」

目の前で電話をするのもどうかと思うものの、狭い店内で移動出来る場所もない。二階だから外に出るのも時間が掛かるからと、意を決して電話を取った。

「すみません、今、ちょっと外で……」

言いかけると相手も理解したのか、急ぎ要件だけを伝えてくる。それに一言二言答えて、通話はすぐに切れた。

「菱沼さんやろ？　なんてぇ？」

ニヤニヤ顔で聞いてくる山脇に、陽翔は唇を尖らせる。

「別に」

「会おうって？」

この一言には、否定はしない。菱沼から今日の夕方、時間があるなら食事でも一緒にどうかと言われ、特に予定もないからと了承した。

「なにぃ、付き合ってへんくせにぃ？」

陽翔の態度を肯定と受け取り、文句を呟く山脇に、曖昧な表情をしてみせる。

もともと菱沼には、無理をしなくていいと言われている。気軽に、友人としてで良いから付き合って、自分を知って欲しいという申し出を断る理由はなかった。

「いいだろ、別に」

むっとして呟く陽翔に、山脇はぶつぶつと文句を言う。それでも陽翔が立ち上がると、苦笑混じりに手を振った。

時計を確認して店を出る。社会人の菱沼が指定してきた時間は一時間後だ。家に一度戻るのもどうかと考えて、駅前の書店に向かう。しかし歩き始めてすぐに、携帯が再び鳴った。

菱沼だと思い、通話を繋げた陽翔の耳に、聞こえてきたのは雅義の声だった。

『陽翔、今いいか?』

「……今、外だから」

ごめん、と言って携帯を切ろうとする。しかし雅義が必死に訴えるから、仕方なく耳へと押し当てる。

あの日から、雅義とは一度も話をしていない。

『あれからいろいろ考えたんだけど……もう一度会って、話がしたいんだ』

「うん。……そのうち、な」

『今日、そっちに行こうと思ってる』

俯きがちに呟く陽翔の言葉を、雅義が遮る。

「無理、だよ。今日は予定あるから、帰りは遅いし」

『だったら、帰るまで待ってる』

「待ってるって、そんなことしたらおまえが帰れなくなるだろ」

雅義のところからここまで、二時間は必要だ。終電に間に合うよう戻ることを考えても、時間はギリギリだ。

『帰れなかったら、陽翔のとこに泊めて』

「そ、んなの……無理」

『友達なら、別に構わないだろ？』

実家にある陽翔の部屋には、雅義も何度も泊まったことがある。友達なら問題ないはずだと言われて、確かにそうだと思ってみても、簡単には頷けない。

「今日はほんとに無理だから！」

『……じゃあ、明日は？』

「明日も無理っ、とにかく無理だ！」

それだけ告げると、陽翔は急いで携帯を切り、電源も落とした。沈黙した画面を見て、ようやく安堵の息を吐く。

雅義の声が、今もまだ耳に付いて離れない。携帯越しに声を聞いただけで、心はざわざわとして落ち着かない。動揺を残したまま菱沼に会って良いのだろうかと、ふとそんな迷いが浮かぶ。しかしそうして迷っている間にも時間は過ぎ、気付いた時には待ち合わせの時刻になっていた。

駅前で落ち合って、近くの居酒屋に入る。店の中の照明はわずかに暗く、洒落《しゃれ》た造りで席と席とが木製のパーテーションで区切られていた。

奥まった席に陣取って、食事をメインに注文を通す。店員が去っていくと、陽翔は不意に緊張を覚えた。

七歳も年上の相手と、一体何を話して良いのかが陽翔には判らない。この前は一方的な相談と称した恨み事を陽翔が話していただけだったから、悩むこともなかった。しかしいざ、こうやって対峙《たいじ》すると緊張してしまう。

「そんなに緊張しないで」

身を硬くした陽翔に気付き、菱沼は苦笑混じりに告げる。日本酒の入った小さなグラスを傾けて、彼は他愛ない話を始めた。

一通りの食事が済んだ頃に沈黙が落ちる。会話を止め、菱沼は陽翔を真っ直ぐに見た。

「この前のことだけど、考えてくれたかな？」

それまでと違う菱沼の表情に、思わず動きを止める。うっと言葉に詰まり、次いで視線だけを上げて彼を見た。

付き合わないかと、すでに二度ほど言われている。答えを求められているということは陽翔も判っているが、答えは陽翔の中にはなかった。

「あの……」

この人と付き合えたなら、幸せだろうと思う部分は陽翔にもあった。山脇も、菱沼なら大丈夫だという。

しかし答えを出す前に、陽翔の耳元には先ほど聞いた雅義の声が甦《よみがえ》ってきた。その声に、切なさが浮かびくる。

こんなあやふやな状態で付き合うのは、菱沼の真摯な態度に対して失礼に思えた。

「あの、俺……まだ、ちょっと」

何と答えて良いのか判らず口籠る陽翔に、彼は優しげな笑みを浮かべてみせる。両腕を組んだまま、気にすることはないと首を横に振った。

「悪かったね。急かす気はないから、ちゃんと考えてくれると嬉しい」

「はい、それは……」

もちろん、と答えて陽翔は息を吐き出した。知らず緊張していたらしく、同時に身体から力が抜ける。

「そろそろ出ようか」

安堵の色を浮かべる陽翔に、菱沼が告げる。彼の後を付いて行きつつも、陽翔の心境は複雑だった。

菱沼のことはまだあまり知らない。しかし真摯な態度からは、彼が本気で自分を口説いていることは理解出来た。優しくて大人で、陽翔の気持ちを第一に考えてくれている。そういう相手に応えることが出来たなら、きっとそれは幸せなことだろう。

しかし陽翔の中を占拠しているのは相変わらず雅義だ。菱沼のことを考える度に、陽翔は雅義を思い出している。

(今だけじゃない。……ずっと、だ)

誰と付き合っていても、いつも相手に雅義の面影を追っていた。そんな自分が心底嫌になる。

「陽翔くん？」

店を出たところで、陽翔は足を止めた。俯いたまま動かなくなった陽翔に、先を歩いていた菱沼が戻ってきて声を掛ける。どうしたの、と問う優しい声に、陽翔はぐっと唇を噛み締めた。

このままいつまでも雅義の影に捉われていて良いのかという考えが、胸の内に浮かぶ。この恋が実ることがないことは、陽翔が誰よりも良く知っている。不毛な想いに縛られたまま、いつまでも前に進めないでいる自分が情けなかった。

「あの、菱沼さん……」

思い切って菱沼の気持ちを受け入れることもまた、過去を捨てる為には良いのかもしれない。そう考えて切り出した。

「菱沼さんは本気で……その、俺と付き合いたいっていう……」

「僕はいつでも本気だよ。本気で、真剣に陽翔くんと付き合いたいと思っているし、求めてもいる」

深みを帯びた菱沼の表情は、陽翔の迷いを見透かしているかのようだった。微笑みを浮かべる彼の優しさに身を寄せたくて、けれど思い切れずに俯いてしまう。

「焦らなくてもいいんだよ。君が前の恋愛を引きずっていることは、僕も知っているし。その上で口説いているんだから」

「でも俺、このままじゃ駄目、ですよね」

いつまでも過去を引きずったまま、雅義から逃げることしか出来ないでいる。友達でいたいという彼の願いを受け入れることも突き放すことも出来ず、ただ逃げている。

「駄目だって、思うんです」

「陽翔くん……」

逃げてばかりでは、何の解決にもならない。そう考えて、陽翔は一歩を踏み出した。

「だから、菱沼さん……」

彼を見上げ、手を差し出そうとした陽翔の動きが途中で止まる。菱沼の広い肩越しに見たその姿に、大きく目を見張った。

「……え？」

駅前の通りに面した繁華街の一角で、目にした雅義の姿に動揺が走る。菱沼へと伸ばしかけた手を引き、身体が自然と後ろに下がった。

「陽翔くん？」

問い掛ける菱沼の声が、やけに遠くに聞こえる。陽翔が凝視する先で、雅義がこちらを振り返るのが判った。同時に菱沼もまた、陽翔の視線の先を見る。

それぞれの視線が交錯する中で、雅義の表情が驚いたものに変化した。

「陽翔……？」

「な、んで……なんで、まさ、よし……」

どうして今、こんなところに雅義がいるのか。

混乱をきたす陽翔の目の前まで、雅義が近付いてくる。腕を伸ばされて、とっさに身体

が逃げを打つ。

菱沼の後ろに隠れるようにして身を寄せる陽翔に、雅義の表情が一気に曇る。

「そいつ、誰？」

低い声で呟くと、雅義は陽翔の方へと更に一歩、詰め寄った。

雅義の動きを菱沼が遮る。彼は雅義の前に立ちはだかり、にこりと笑った。

「君が、マサヨシくん？」

「……あんた、誰？」

普段の穏やかな様子は微塵もなく、雅義は菱沼をねめつける。険しい表情や声の調子から、彼が怒っていることはすぐに判った。

「僕？　僕は、陽翔くんの友達……かな。一応、今のところは」

「今のとこって、なに？」

「だって今、口説いているところだからね。僕は陽翔くんが好きだから」

こともなげに告げる菱沼に、雅義は意味が判らないといった様子でわずかに顎を引き、神妙な声で問い掛ける。

「……女の人には、見えないけど？」

「見ての通り、男だよ。でも、僕は陽翔くんを好きなんだ」

慰めて貰った時に、話の流れで菱沼には雅義のことを話してしまっている。全てを理解した上で、菱沼は笑みを絶やさず雅義と向き合っていた。

「君だって知っているだろ？　陽翔くんは、僕たちと同じ側の人間なんだ」

陽翔から告白された当人である雅義が、その可能性を考えないはずがない。そのことを口にする菱沼に、陽翔は俄《にわ》かに動揺を覚える。

今もまだ雅義のことを忘れられないと、言われている気がした。

「あの、菱沼、さん……」

後ろから菱沼の袖《そで》を引く。それに気付いて振り返る相手に視線で訴えてから、陽翔は雅義の方を向いた。

相変わらず厳しい視線を向ける雅義に、思わず怯えが走る。竦む足をどうにか動かし、陽翔は菱沼の後ろから抜け出した。

「雅義、さ……」

「なんで、そんな奴と一緒にいんの？」

どうしてここにいるのかと、問おうとした陽翔の言葉を遮って、雅義が先に疑問を投げ付ける。思わず口を閉ざしてしまった陽翔に、雅義はさらに言葉を続けた。

「今日、用事があるってこんな奴とだったのか？　何考えてるんだよ、おまえ」

「なにって……雅義こそ、何言って……」

「こんな訳わかんないこと言う人といる方が、おまえには大事なことなのか？」

「わけ、わかんないって……」

「男なのに、おまえのこと好きとか言ってるんだぞ」

この雅義の一言に、陽翔は今度こそ完全に口を噤む。信じられない思いで雅義を見つめ、そうして視線を外して俯いた。

「陽翔くん」

事情を理解した菱沼が、同情を籠めて陽翔を呼ぶ。その声に、陽翔は自然と菱沼の袖を摑んでいた。

「放せよ！」

陽翔の腕を、突然雅義が摑み取る。強く引かれて驚きに顔を向けると、すぐ目の前に雅義の顔があった。

「何やってるんだよ、陽翔！」

どうして怒鳴られたのかが判らなくて、陽翔は視線をさ迷わせる。引っ張られた反動で身体が雅義の目の前にまで近付き、鼻先に匂いが感じられた。

「こんな奴のが、俺より大事なのか！」

「……雅義、なに、言ってんの？」

混乱をきたしたまま、陽翔は雅義に問い掛ける。

「俺、だって俺……おまえのこと、好き、だったんだ、ぞ？」

「それとこれとは、別だろ!?」

雅義を好きだったのだから、陽翔が同性を恋愛対象としていることに気付いていても良いようなものだ。

「別……じゃ、ない。同じ、だ……」

「同じって、なんで！」

「雅義、を好き、なのも……菱沼さん、と付き合うのだって……同じ、だ」

「同じじゃない！」

怒鳴りつける雅義の声に、道行く人たちが三人を振り返る。その視線から逃れたくて、そして何より雅義から逃げたくて、陽翔は身を引いた。

「逃げるな！」

その動きが更に雅義を怒らせたのか、彼は陽翔の腕を強く引く。しかしその腕は、間に入った菱沼によって遮られた。

「退《ど》けよ！」

「落ち着いて周りを見なさい。こんなところで話す内容じゃないだろう？」

冷静な菱沼の声に、雅義は口を噤む。周囲にちらりと視線を向けた雅義に、菱沼は更に言葉を続ける。

「僕は陽翔くんに無理強いしているわけじゃない。彼が嫌だと言ったら、ちゃんと身を引くつもりだ」

「そんなの……」

信じられるか、という呟きが雅義の口から零れ落ちる。菱沼は雅義から視線を外し、一度陽翔の方を見る。視線を交わしてから再び雅義へと向き直った。

「本当だよ。どうしても不安なら、陽翔くんに訊けばいい。もっとも、君が冷静になってからにした方がいいけれど」

暗にここは引けと菱沼は言う。この言葉に雅義は大きく息を吐くと陽翔へと視線を戻した。

「陽翔」

背後に庇《かば》おうとする菱沼の腕を、陽翔は自ら押し戻す。このまま菱沼の影に隠れているわけにはいかない。

幾分弱まった雅義の語気に、陽翔も自身を落ち着かせて口を開いた。

「心配、してくれてるのかもしれないけど、大丈夫……この人の言うことは、本当、だから」

「でもおまえ、付き合ってるわけじゃ、ないんだろ？」

誤魔化しの一切ない菱沼の言葉を受けて、雅義が問い掛ける。これに頷きかけたものの、途中で考えなおして陽翔は首を横に振った。

「この人と、付き合うつもりなんだ」

「そんなの……」

「だから、心配はいらないから」

強い口調で告げる陽翔に、雅義は言葉を詰まらせる。何も言わなくなった相手に、陽翔は深く俯いた。

「だから、ごめん。俺、これからこの人と……」

「陽翔くん……」

何と言って良いのか判らず、言葉を途切れさせる。それでも救いを求めるために伸ばした指先は、菱沼の手によって握り取られた。

強く握る手の温もりに菱沼を仰ぎ見ると、彼は優しい笑みを落とす。慈愛すら感じさせる微笑みに、さっきまでとは違う胸の痛みを覚えた。

どうして自分は、この人を好きではないのだろう。そんな疑問を噛み締めて、陽翔は再び雅義に向かい合った。

ほっと息を吐き、それじゃあ、と言い掛けた陽翔の言葉を遮って、雅義が口を開いた。

「……そいつの方が、大切なのか？」

咽喉の奥から這《は》い上がる、暗い声に陽翔は息を飲む。しかし怯《ひる》んだのは一瞬で、すぐに気持ちを持ち直して眉根を寄せた。

「恋人の方が大切なのは、普通だろ」

「なんで、だよ。俺はいつだって、陽翔が一番、だったのに」

「そんなの……違う、だろ」

呆然《ぼうぜん》とした表情で、苦しげに声を絞り出す雅義を見ていられず、再び俯いてしまった陽翔の手を菱沼が強く引いた。

「君は陽翔くんの友達だろう。彼の気持ちを受け入れられないなら、一番になる資格はないはずだ」

「……部外者は黙ってろよ」

「僕も当事者だよ。陽翔くんが受け入れてくれたなら、ね」

付き合うつもりだと告げた陽翔の言葉を受けて、菱沼は雅義に強く出る。そうしておきながらも、陽翔に向けられる視線は蕩ける程に甘い。

陽翔の胸が、痛みを覚える。嘘を言ったつもりはないけれど、彼をだしに使ったことには変わりない。そのことが陽翔には辛かった。

「行こう、陽翔くん」

目を眇《すが》めてねめつける雅義を無視して、菱沼は陽翔を促す。背を押されてようやく、震える足を前へと出す。その背後で雅義の動く気配がしたが、歩みを止めることはなかった。

「……陽翔くん」

雅義から離れたところで、ようやく菱沼が陽翔の名を呼んだ。さっきとは違う、遠慮がちな口ぶりに顔を上げかけて、陽翔は自分の頬に涙が伝っていることに気付いた。

「よく、我慢したね」

そんな陽翔の背を軽く叩き、菱沼は眼鏡を外してくれる。優しい仕草に涙腺《るいせん》が一気に決壊する。ぼろぼろと零れた涙に嗚咽を零し、陽翔は彼の方へと身を寄せた。

「すッ……いませ、ん……」

自分を好きだと言ってくれる相手を前にして、他の男のことで泣く自分が情けなかった。

肩口に顔を寄せる陽翔の頭を優しく抱き締めて、菱沼は人通りの少ない道を使い、小さな公園へと誘った。

片隅にあるベンチに陽翔を座らせて、しばらくその場を離れたかと思うと、缶入りの珈琲を持って戻ってきた。

「少しは落ち着いた？」

問われて、こくりと頷く。道すがら止まらなかった涙もようやく止まり、袖口で目元や鼻を拭う。ひりひりとした痛みを感じて上目使いに見上げると、菱沼は困り顔で笑っていた。

「さっきは、その……」

「うん、判ってる。彼を説得したくて吐いた嘘でしょ」

菱沼と付き合うと言ったことを、彼自身はそう解釈したらしい。はっきりと言われて、陽翔は思わず言葉に詰まる。

「いいよ、判ってるから。君がまだ、あの子のことを忘れられないってのは、見てたら判るし」

「……すみません、でも」

「そして楽な方に逃げたいって思ってるのも、なんか判るしなぁ」

言葉を続け掛けたところで遮られ、陽翔はまたも黙り込む。菱沼と付き合う方が楽だろうと、そんなふうに思っていたことさえお見通しだったらしい。

申し訳ないやら恥ずかしいやらで、再び俯いた陽翔の額に、菱沼は缶の底を押し当てる。冷やりとした感触に目を閉じると、菱沼の声が降り注いだ。

「逃げの口実に使ってくれても、別にいいよ。それで君が、僕のことを考えてくれるんだったら」

「あの、菱沼さん……」

「そのうち、僕だけを見てくれるようになったらいいし。そうさせたいって、思ってる」

どうしてそこまで寛大でいられるのか。そんな疑問を菱沼に対して抱きつつも、陽翔はその問いを口に出すことが出来なかった。

黙って頭を上げると、すぐ傍に菱沼の微笑みがあった。優しく包み込むその表情からは、大人らしい余裕さえ見える気がした。

「その……すみません」

隣に座った菱沼に謝罪を口にして、陽翔は渡された缶を傾ける。ほろ苦い液体が咽喉の奥へと流れて行くのを感覚で追い、そっと息を吐いた。

陽翔が落ち着くまでの間を、菱沼は黙って見守っていてくれた。その理由を訊けないまま、しばらくして陽翔は帰路へと就いたのだった。

自宅のある建物の傍まで来たところで、陽翔は違和感を覚えて足を止める。視線を向けた先、二階に位置する自宅の前に、人の影があった。

それが雅義であることは疑いようもない。そのことに、陽翔は倦怠感《けんたいかん》に苛まれる。重い息を吐き、足を引きずってそちらへと向かった。

「陽翔……」

階段を上ったところで、声を掛けられる。思った通りそこにいたのは雅義で、彼は壁に凭れたまま陽翔の方を見ていた。

「まだ、何かあんの？」

ついさっき揉めたばかりだというのに、何を考えているのか。そう問い掛ける陽翔に雅義は近付いてくる。彼を無視して、陽翔は扉の前に立った。

「もう一度、おまえの言葉で聞きたくて……」

鍵を取り出す陽翔の横で、雅義は告げる。もう一度、さっきの繰り返しをしろというのかと思うと、陽翔の気持ちはさらに重くなっていく。

はぁ、と盛大に溜息を吐き出して、身体ごと向き直った。

「陽翔……」

「さっき言った通りだし、これ以上、俺から言うことはないんだけど」

怒りを滲ませて告げる陽翔に、雅義は一度口を閉じる。しかしすぐに陽翔の手首を摑んだ。鍵を回そうとしていた手を止められて、むっとして目を伏せた。

「陽翔は、あいつの方が大切なのか？」

「……だから、何度も言っているだろ」

「なんで？　なんで俺より大事なんだよ」

取られた手首をそのままに、陽翔は拳を握りしめる。なんでなんて、訊かれるまでもない。雅義が陽翔の気持ちを受け入れられなかったからだ。

「親友だって、言っただろ。一年経ったら、一番大切な友達に戻るって」

「それは……」

「でもおまえの態度、そういうふうには見えない」

以前と同じ、親友に戻れたとは思えない。そう訴える雅義に、陽翔は眉根を寄せて更に深く俯いた。

唇を噛み締める陽翔の上に、雅義の声が落ちてくる。陽翔を責めるその声に、呼吸が更に苦しくなった。

「なんでだよ。あいつがいるからか？　だからおまえ、俺のこともう要《い》らないって……」

「ちがう。要らない、なんて……思ってない」

「だったら！」

「だからっ！」

怒鳴って、雅義を見る。目頭が熱くて、今にも泣いてしまいそうで、それが陽翔を情けなくさせる。

そして何より情けないのは、そんな表情を雅義に気付かせてしまったことだ。

「だから……友達って、思えないんだよ」

「陽翔、それは……」

問い掛けて、途中で言葉を途切れさせる。強張った表情で陽翔を見つめるから、彼もそのことに気付いたのだと悟る。

「……一年」

黙った雅義に代わって、陽翔が口を開く。

「もう一年、待って、くれないか」

それは、一年前に雅義に告げた言葉だ。

けれど長く大切にしていた気持ちは、今もまだ陽翔の中から消えてはくれない。だからまだ、友達には戻れそうもなかった。

「今は、まだ無理なんだ……ごめん」

再び俯いてしまった陽翔に、雅義は何も言わない。黙り込んだまま過ぎる時間は長く感じたけれど、ほんの一瞬だったかもしれない。

視線の先にある雅義の足先が、陽翔の方にわずかに近付く。それを見つめる陽翔の頭上から、彼の声が聞こえてきた。

「嫌だ」

はっきりとした否定の言葉に、痛みを覚えて目を細める。

「嫌だ。もうこれ以上は待てない」

「でも、このままじゃ……」

「あと一年も置いて、おまえがこれ以上遠くなるのは、絶対に嫌だ」

身体の横に添わせていた雅義の拳が小刻みに震えている。それに気付いて、陽翔はゆるりと顔を上げた。

そこには陽翔以上に苦しげな表情をした雅義の姿があった。

「雅義……？」

嚙み切らんばかりに唇を嚙む雅義に、陽翔は慌てて手を伸ばす。彼の口元に指を当てて、嚙むなと訴える。

「唇、切れるぞ」

「なんで判んないんだよ。俺には、陽翔だけなんだ」

必死の様子で訴える雅義から、慌てて引こうとした手を彼の手によって捕えられる。熱い指が、陽翔の手首に食い込んだ。

「俺には……陽翔、だけなんだ……」

陽翔の手を、自身のこめかみに押し当て項垂れてしまった雅義から、わずかに身を引く。どうして、という言葉が、自然と口を付いて出た。

「どうして……おまえ、そんなに、俺に執着してんの？」

他に友達がいないわけじゃない。この一年で、恋人だって出来ているかもしれない。

それでも雅義は、陽翔という存在に固執する。

「他に、友達なんて……たくさん、いるだろ」

「陽翔だけだ」

絞り出す陽翔の言葉を遮って、雅義ははっきりとそう告げる。

「陽翔なら、判るだろ。俺には、おまえしかいないって……」

「そ、そんなの……わかんねーよ」

「判ってるくせに、なんで俺のこと捨てんの？」

こめかみに当てていた陽翔の手を、顔へと移動させていく。目元から鼻、頬、そして唇に掌が触れた。

柔らかい唇を押し付けられて、寒気に似た感覚が陽翔の中に生まれる。目を細め、どうにかやり過ごそうと思うのに、感覚はすぐに熱へと変わっていく。

「ま、雅義、手を……」

「陽翔だけだ。陽翔がいたから、俺はどうにかやってこれたんだ」

「そ、んなの……知らな……」

「知らない？　本当に？」

「ま、雅義っ！」

掌の上を、雅義の唇が上下に動く。その度に吐息が指の間を吹き抜けるのが堪らなかった。

赤くなる頬を自覚して深く項垂れてもなお、自分の反応を隠しきれない。相手にその気がないのは判っているのに、それが雅義の唇だと思うだけで熱くなる身体が信じられなかった。

顔を伏せ、止めてくれと訴える。しかし雅義は、陽翔の反応に気付いてわざとそこを舐《な》めてきた。

「やめっ！」

もう一度、必死に訴える。それでも手は解放されず、陽翔の身体は小刻みに震えを帯びる。膝ががくがくと揺れて、身体を支えていることすら苦しくなった。

「陽翔」

雅義の手が、陽翔の手を頭上に持ち上げる。もう片方の手首も摑み、両方を引き上げた。

「ずっと前に、陽翔、言っただろ」

何が、と聞き返す気力さえ出て来ない。両手を持ち上げられたせいで、隠せなくなった表情が気になって仕方がなかった。

「欲しいって……俺のこと、必要だって……言ってくれたろ？」

「そ、んな……昔の、こと」

「陽翔がそう言ってくれたから、俺はどうにかやってこれたんだ」

片方の手を解放したかと思うと、雅義の腕が陽翔の背に掛かる。ぐい、と引き寄せられても、力の抜け切った身体では逃げることは叶わない。

未だ力の入らない身体は、雅義のなすがままに抱き寄せられていた。

「おまえが言ってくれなかったら、俺は、誰にも必要だって思って貰えない」

「そんな、こと……ない」

「あるよ。陽翔だけなんだ」

幼い頃ならいざ知らず、今の雅義を必要とする人は、きっと陽翔以外にもたくさんいる。器用で頭が良くて、実年齢よりも落ち着いた雰囲気を持っている。誰にでも優しくて、だから彼を好きになる人はたくさんいた。

雅義が一歩を踏み出せば、誰だって彼を必要としてくれる。そう思うのに、雅義は陽翔だけだと言う。

「まさ、よし……」

陽翔の肩口に顔を埋め、苦しい息を吐く雅義に堪らなくなってくる。彼に抱き締められていることもそうだが、その告白が陽翔の胸を更に締めつけた。

必要とされていると、感じることがこんなにも嬉しい。恋愛感情ではないと判っているのに、自分の気持ちが受け入れられたわけではないのに、雅義にそう言われることは、陽翔にとって幸せなことだった。

「まさ、よし……雅義っ」

空をさ迷っていた陽翔の手が、雅義の背に回る。強く抱き締めると、身体の隅々にまで彼の体温が伝わってくる。

欲しいと思う気持ちが、理性を上回る。熱が内側をじりじりと焼き、下腹部に鈍痛が生じる。反応しそうな感覚をどうにか耐えているのは、陽翔自身の最後のプライドだった。

それでも気持ちは止められない。おまえだけだと言われ、必要だと迫られて、心は雅義に向かっていく。流れ出る感情のままに、彼の頬に手を当てた。

「陽翔……？」

問い掛けを無視して、顔を上げさせる。先ほどまで自分の掌に押し当てられていたその部分を目にすると、我慢が出来なくなった。

「あ……」

声を漏らす雅義を無視して、彼の唇にキスをした。柔らかな感触が頼りなくて、もっと欲しくて堪らなくなる。舌を出してそこを濡《ぬ》らし、唇で唇を愛撫《あいぶ》する。次第にはっきりと感じられる感触と、呼気と共に漂う彼の匂いに酔わされて、身体の芯が強い熱を自覚した。

「ふっ、ん……」

興奮が吐息となって鼻を突く。それと共に雅義の手が、陽翔の肩に掛かった。ぐい、と押されて唇が離れる。

「う、あ……ぁ、」

視線の先に、雅義の顔が映り込む。困惑に瞳を揺らし、唇を親指で拭う。そんな仕草を目にした瞬間、陽翔は自分が何をしたのかにようやく気付いた。

キスをして、そうして自ら身体を寄せた。身体の中に火照った熱は、確かに下半身に集中して中心部分を火照らせている。

気付くと同時に、頭の中から血の気が引く気がした。慌てて口を手で覆って後ずさる。しかしすぐ後ろには壁があり、それ以上は逃げられない。

「陽翔……おまえ」

何かを言いかけた雅義に、陽翔は手探りでドアノブを探る。鍵を差したままのそこに手を掛けると、急ぎドアを開けた。

呼び止める雅義を無視して、陽翔は室内に滑り込むと内側から鍵を掛けた。扉に背を当てて座り込む。外では沈黙が続いたが、しばらくして靴底を引きずる音が聞こえたかと思うと、次第にそれは遠ざかっていった。

「……うっ」

何も言わず去っていく雅義の気配をドア越しに感じて、陽翔は小さく嗚咽を漏らす。さっきあれだけ泣いたのに、未だに涙は枯れることはないらしく、次から次へと零れ落ちた。我慢が出来なかったと思うだけで、涙は溢れる。嗚咽を堪えているせいで、呼吸が苦しくなっていく。それなのに、身体の芯に宿った熱は未だに去らず、唇はさっき感じた雅義の感触を陽翔へと伝えていた。

「なんっ……で、」

自分が情けなくて悔しくて、陽翔はしばらくその場から立ち上がることが出来なかった。

季節は移ろい、日に日に夏の気配を漂わせる。梅雨入りしたはずなのに雨はなかなか続かず、今年は空梅雨だとテレビの天気予報士が心配声で告げていた。

青い空を見上げて、陽翔は浅く息を吐く。しつこかった雅義からの連絡も、あれから一度も掛かってこないまま二週間が経過した。

（いい加減、本気で決めないと……）

携帯に届けられた菱沼からのメールに、陽翔は浅く息を吐く。雅義と鉢合わせした日の後、菱沼には一度だけ食事に誘われた。しかし気持ちの整理が付かないことを理由に誘いを断っている。そんな陽翔に対して、菱沼はどこまでも大人だった。

落ち着いたら連絡して欲しいと告げ、それからは時々メールで近況などを寄越してくる。陽翔を急かすでもなく、ただ黙って待ってくれているその人に、申し訳なさばかりが募っていった。

（また告白して、振られたみたいなもんだし）

あの時、陽翔は雅義にキスをした。それまで抑えていた気持ちが溢れ、自分でも衝動を止められなかった。止めようと思うより先に身体が動き、雅義の身体に自ら触れた。そうしてキスをして、その先を求めた。

自分の行動を省みる度に、居た堪れない気持ちにさせられる。もし可能なら消えてしまいたいとさえ思う。しかし陽翔が消えることはなく、してしまったこともなかったことには出来なかった。

　陽翔の行為に何も言わずに去った雅義には、明らかな拒絶があったように思う。振られて、それでも思い切れずに一年の猶予を求めた陽翔が、一年経った今でも雅義のことを好きだという陽翔の気持ちを、今度こそ思い知ったことだろう。

　そして陽翔自身は、二度の失恋の痛手から今もまだ浮上出来ないでいる。

「……くっらぁ」

　俯いて歩いていると、視線の先に人の足が映り込む。同時に掛けられた言葉に、陽翔は顔を上げて前を見た。

　目の前には短い髪を金色に染めた山脇の姿があった。

「なぁに、世界の終わりみたいな顔してるん」

「……ああ、うん」

　呆れ顔で告げられて、陽翔は軽く頷いた。世界の終わりとは言わないけれど、自分の恋は完全に玉砕してしまった。終わった恋を思うと悲しくて、少なくとも陽翔の世界は終わってしまった気がしている。

「なんか揉めてるって聞いたけど？」

「うん……揉めてはないかな、もう」

　終わったことだからと告げる陽翔に、山脇は相変わらず呆れ顔だ。溜息を吐いて額を押さえはするものの、すぐに顔を上げて陽翔の隣に並んで歩き始めた。

「菱沼さん、心配してたで」

揉めているという話も、菱沼から聞いたのだろう。

あの日別れてからのことは、彼にも詳しくは話していない。それでも電話の際に思うところはあったようで、山脇に様子を見に行って欲しいと頼んだらしい。

こういうところまで気を回してくれるのは、さすがだなと思う。それと同時に、彼のことをこれ以上引き延ばしていても駄目だと、そんな思いが浮かんだ。

「菱沼さん……他には、何か言ってた？」

「なにかって、なにが？」

問い返されて、陽翔は視線をさ迷わせてしまう。その様子から山脇は浅く息を吐き、首を傾げてみせた。

「あんたまだ、菱沼さんに返事してへんの？」

「……うん」

「あーほんま、菱沼さんもなんでこんな子がええんかねぇ」

とにかく菱沼に一度連絡を入れてやれと告げられて、会って一度話をすることに決めた。

（こないだのこともあるし）

そう考えて、もう一度携帯を見る。今度は手早くメールを打ち、菱沼に向けて送信した。

菱沼からの返事は思った以上に早かった。

今日にでも会おうと言われ、用事はないからと了承を伝える。そうして夜の七時に駅前に向かった。

先に着いていたらしい菱沼は、駅前で陽翔の姿を見付けると人の良い笑みを浮かべてみせた。

「この前、美味しい店を見付けたんだ。陽翔くん、和食好きだろ？」

誘われて、彼のお勧めという店へと入り席に着く。料理が運ばれてからも、菱沼は他愛ない話ばかりを陽翔にした。

心配していたという割に、そういう話は全く出さない。普段と同じに接してくれることこそが気遣われている証拠だと良く判る。

（ほんと、優しい人だよ）

容姿も整っているし、身長の割に少し痩《や》せては見えるけれど、細おもてだから均整は取れている。グレーのスーツが似合っていて、いかにも包容力のある大人という印象だ。

「なに、どうしたの？」

陽翔の視線に気付き、菱沼が顔を上げた。柔らかな眼差《まなざ》しを見つめ、陽翔は浅く息を吐く。

このまま全てを先延ばしにしても、結果は変わらない気がする。だったらいっそ、自分を望んでくれている人のところに行くのが良いという考えが浮かんだ。

「……まだ、悩んでるところは、あるんです」

真摯な態度で接してくれる菱沼に嘘は吐けないからと、陽翔は素直に胸の内を伝える。

「それでも、いいですか？」

「陽翔くん？」

「もし、菱沼さんがそれでもいいなら……その、」

付き合ってみてもいいかもしれない、と告げようとしたところで言葉を詰まらせる。なんだか失礼な言い方の気がして、けれど他に言葉が見つけられない。

深く項垂れた陽翔の方に、向かいの席から菱沼が手を伸ばした。

「顔を上げて」

促され、恐る恐る顔を上げる。菱沼の表情は、蕩けそうな程に甘いものだった。

「いいの？　本当に？」

心底嬉しそうに微笑むから、なんだかそれが恥ずかしい。触れられた頬を赤く染め、うっとりと目を細めた。

「そんなの、俺は……別に」

「君がいいんだったら、僕は嬉しい」

そう告げられて、陽翔の中にわずかに残っていた迷いが消えていく。本当に嬉しそうにしてくれることに、気持ちが楽になってくる。気恥ずかしさをそのままにはにかんだ笑みを浮かべる陽翔の頬を、菱沼の指が優しく辿る。そっと頬を拭い、唇に到達した指先の感触に、小さな震えを覚える。

声を漏らしたのは、その瞬間に雅義とのキスを思い出したからだ。しかしそれは一瞬のことで、すぐに思考を頭の隅へと押しやった。

「陽翔くん?」

「俺は、その……俺の方こそ、お願い、します」

ぺこりと頭を下げる陽翔に、菱沼もまた慌てて頭を下げる。奇妙なやり取りだとすぐに気付き、二人一緒に声を立てて笑った。

それから店を出てすぐに、菱沼は陽翔に意味深な視線を向けてきた。どうしようかと問い掛けるその瞳の意味に気付かない程、陽翔も経験がないわけではない。菱沼の隣に寄りそって、彼の腕に手を添える。肘の上から手首の辺りまで、するりと撫でおろすと菱沼も理解したらしい。

「本当に、いいの?」

「……いいです。俺が、そうしたいから」

後は菱沼に任せると告げる陽翔に、菱沼はまたも微笑み、そうしてホテルへと誘った。

室内に入ると、陽翔は断りを入れて浴室に向かう。シャワーを浴びて身体を洗い、全ての準備を済ませて室内に戻ると、入れ替わりに菱沼が浴室へと入って行った。

ベッドに座って眼鏡を外し、彼が戻ってくるのを待つ。以前からこういうことになるだろうという予感は陽翔の中にすでにあったし、初めてでもないから焦ることも恥じることもない。

当たり前だと思うのに、ベッドに背中から倒れてみてなお何も感じない自分に、陽翔はわずかな戸惑いを覚える。今まで付き合ってきた相手とは違って、菱沼はどこまでも陽翔に対して誠実だった。だから陽翔も、彼を受け入れることになったなら今までとは違う感情を抱くのではないかと、心のどこかで期待していた。

（雅義以外は、同じとか……）

考えたくない思いが浮かび、陽翔は浅く息を吐く。それと同時に、手元の携帯が音を立てた。

慌てて画面を覗き見ると、雅義からのメールがあった。驚きと共にドキリと胸が鳴り、どうしようかと周囲を見回す。しかし何も陽翔の助けになるものはなく、仕方なくそれを開くと、簡潔な文章が並んでいた。

今からそっちに行くからと、告げる内容に息が詰まる。一週間以上連絡がなかったことや、陽翔の気持ちを拒否したくせにとか、そういう気持ちは一気に吹き飛んで、また雅義に会えるのだという事実が陽翔の胸を高鳴らせた。

反射的にベッドから降りようとした陽翔の目の前で、浴室のドアが開いて菱沼が姿を現した。彼は陽翔と目が合うと、にこりと笑った。

「待たせたね」
不意に忘れかけていた現実を思い出す。浮かした腰をベッドに下ろし、わずかに俯いた。何をしているんだと、自身を叱責したくなる。今この状況で、雅義に会いに行けるわけがない。
「陽翔くん？」
「あ、いえ……大丈夫、です」
呼び掛けられて、慌てて首を横に振る。状況が状況だけに、彼も陽翔が緊張していると
でも思ったのだろう。それ以上気にすることもなく、陽翔の方へと近付いてきた。
「何か飲むかい？」
ベッドの端に腰かけたまま俯いた陽翔の肩を抱き、問い掛ける。自然な仕草にドキリと
するものの、鼓動の正体は菱沼が原因ではないと判っていた。
優しく肩を引き寄せられて、堪らなさが胸を焦がす。こんなに気遣ってくれているのに、
自分を好きだと言ってくれているのに、陽翔の心は今もまだ菱沼には向いていなかった。
「あの、菱沼さん……」
呼び掛けに、菱沼は顔を寄せてくる。どうしたのかと問う優しい笑顔に、陽翔は瞼をそ
っと伏せた。もう一度、陽翔の名を呼ぶ。それに合わせて顔を上げ、彼の唇に唇を押し当
てた。
自ら仕掛けた口付けに、相手は積極的に動いてくれる。唇で唇を弄り、舌でやんわりと

割り開く。

「んぅ……ふ、ぅ」

急かすことなくそこを愛撫する動きを、陽翔も自ら受け入れる。深く入り込んだ舌の感触に、肩がぴくりと跳ねた。

違う、と思った瞬間、腕が勝手に動いていた。

「……陽翔くん？」

「あ……すみませ、」

押し退《の》けてしまったことを謝罪して、再び菱沼に向き直る。しかし一度覚えてしまった違和感は今もまだ拭い去れず、瞳は戸惑いを孕んだままだ。

じっと見つめる先で、菱沼は浅く息を吐く。陽翔の身体に添えていた手を放し、ベッドの端に座り直した。

「あの、菱沼さん……」

「……原因は、それ？」

問い掛ける菱沼の指さす方向には、陽翔の携帯がある。握ったままだったのに気付き、陽翔は慌てて身体の後ろへと隠す。

「マサヨシくん、だっけ？」

「こ、れは……違うんですっ」

「何が違うの？　彼から電話かメールか……連絡があったんだろ？」

菱沼の口調は、どこか素っ気ない。今までの彼からは想像も付かない声の響きに、わずかな怯えを感じていると、菱沼は不意に苦笑を漏らした。

「逃げられるにしても、このままっていうのは悔しいなぁ」

「あの、俺は……」

逃げるつもりはない。そう告げるつもりで口を開いた陽翔の言葉を遮って、菱沼は先に口を開く。

「ああそうだ、せめてひとつぐらい、お願いを聞いて貰おうかな」

「え……あ、」

陽翔の戸惑いは更に深まる。菱沼が何を考えているのかが全く読めず、それがわずかな恐怖に繋がっていく。

とんでもない『お願い』をされるのではないかと、身体をふるりと震わせる陽翔の瞳を覗き込み、菱沼は耳元に囁いた。

「煙草、取ってきて」

上着のポケットに入っているからと、指差されたのは簡素なクローゼットだ。何を言い出すのかと戸惑い、しかし言われるままに煙草とライターを持って戻ってくると、菱沼は黙って一本に火をつけた。

煙を吐き出す姿を見ている間も、これからどうなるのかが判らず、陽翔は緊張を身体中にみなぎらせていた。

「座って」

隣を示され、陽翔は恐る恐る菱沼の隣に腰を下ろす。互いにバスローブ一枚という姿で冷静なままベッドに座っている。その格好は酷く滑稽だ。

「何されるかって、怯えてる?」

身を硬くしていることを指摘され、陽翔はわずかに俯く。いつまでも黙っているわけにもいかず、そっと口を開いた。

「今のは……俺が、悪いですから」

真摯な態度で口説かれて、受け入れるつもりでここに来た。もちろん陽翔の方にも理由はあったけれど、寸前で拒んだ態度を見せたのは自分が悪い。

肩を竦ませて更に俯く陽翔に、菱沼は乾いた笑みを零す。

「素直だなぁ、陽翔くんは」

「……でも、怒っても、仕方ない」

「そんな態度でいて、付け込まれて変なことされたりしない?」

今まで陽翔が付き合ってきた相手のことを言っているのだと気付いて、陽翔は首を横に振る。

抱かれた後に態度が変化した相手はいたけれど、それも陽翔の方が冷めてしまう部分もあったから一様に相手を責められるものではない。そしてそういう場合でも、相手が陽翔に何かをすることはなかった。

ただどこか呆れに似た表情を浮かべて、陽翔を見るだけだ。それは今、目の前にある菱沼のものとも似ている気がした。

「……なぁんだ、じゃあ同類か」

「同類って……」

「今まで君が付き合ってきた人と僕が、ね」

咥《くわ》えた煙草を浅く吸い、紫煙をたゆたえさせて菱沼が告げる。

「僕が陽翔くんに会った時、すぐに君を口説いたろ。その理由は知ってる?」

「いえ。……どうしてですか?」

菱沼本人から聞いたことはないし、山脇も特にそのことに関しては何も言っていなかった。だから首を傾げて問い掛ける。菱沼は苦笑を漏らして言葉を続けた。

「ナツヒコくんから聞いたんだよ。君がどれだけ初恋に振り回されているかとか、そのせいで他の恋に踏み切れないでいることとか……で、好きになっちゃった」

「あの、それって……」

どういう意味か判らず、戸惑いがちに問い掛ける。すると菱沼は咥えていた煙草を指に挟み、遠い目をしてみせる。

「最初は、そんな子を自分の方に振り向かせたいなっていう気持ちかな。手に入らない玩《おも》具《ちゃ》ほど良く見えるだろ。そういう気持ち。……でも話を聞いているうちに、今度は君が恋人になったらって想像したんだ。そしたら僕のことも、一途に想ってくれるんじゃないかって……こっちは願望だね」

本気で好きになったのが雅義だけだったから、菱沼の話は陽翔には想像することしか出来ない。ただ心持ち身体を傾けて自嘲《じちょう》の笑みを浮かべる姿には、ひどく胸をつかれる。

「それで、実際に会ってみたら顔も好みだし、完全にまいっちゃった」

熱い眼差しは、今の言葉に嘘がないことを告げている。真っ直ぐに見つめられて居心地の悪さを覚えるものの、視線を逸らすことなく受け止めた。

拒んでしまったという事実が、重く胸に圧《の》し掛かる。せめて菱沼が気付かぬ振りをしてくれたなら、陽翔は彼を受け入れていただろう。しかし彼は陽翔が思うよりも優しく、そして本当に自分のことを好きでいてくれた。

こんな人を傷付けた自分が情けなくて、なんだか泣けてくる。

「あの、ほんとに……」

「陽翔くん、灰皿、取って」

他に何も出来なくて、せめてと謝罪を口にしかけた陽翔に、菱沼が告げる。淡々とした口調に口を閉じ、言われた通りサイドテーブルの上から灰皿を取る。

手渡そうとした陽翔の手を、菱沼の手が掴んだ。驚きに目を見開いた陽翔の視界が回り、気付くとベッドの上に押し倒されていた。

「菱沼さ……んっ！」

「……動くと、危ないよ」

片手の煙草をちらつかせて、菱沼が低い声で告げる。怒気すら感じられるその声に竦み、身じろぎを止めた陽翔の唇に彼の唇が押し付けられた。

「ん、ぅ……ふっ」

先ほどとは違う、強引な口付けに陽翔は身体を竦ませる。歯列を割り、舌を絡めて唾液《だえき》を啜る。そうして深い部分まで抉《えぐ》り出す。

「んっ、んーっ……」

さっき拒んでしまった事を思い出すと、申し訳なさが浮上する。抵抗を躊躇《ちゅうちょ》した陽翔の隙を突いて、菱沼の手が脇から腰へと移動する。するりと撫でられた感触を覚えた瞬間、驚きに両腕が上がった。

慌てて手を振り上げる陽翔の抵抗を、しかし菱沼はいとも簡単に封じてしまう。

「ふっ、は……ぁ」

ようやく口付けが解放され、陽翔は熱い息を吐く。しかし安堵したのも束の間、耳朶《じだ》を甘く噛まれて身体が竦んだ。

今までの相手には身体だけは反応したというのに、菱沼を本当の意味で受け入れられないという気持ちがあるからなのか、口付けにも愛撫にも、陽翔は全く反応しなかった。

「……みませ、ん」

じわりと湧いた涙をそのままに、陽翔は謝罪を口にする。菱沼の動きが止まり、胸元から顔を上げてきた。

「こんな時に謝るのって、卑怯《ひきょう》だと思わないか?」

「……で、も」

他に言葉が思い付かない。涙を零して訴える陽翔の口元に、菱沼は今一度キスを落とす。今度は触れるだけの、感覚すらもが淡いものだった。

身を起こした菱沼に、陽翔は戸惑いの視線を向ける。さっきと同じ姿勢で煙草を吸う彼は、ちらりと陽翔を見ていつもの笑みを浮かべた。

「早く行きなよ。でないと僕の気が変わるかもしれない」

そんなふうに告げるものの、表情は、陽翔を見守る優しい大人のものに戻っていた。

洗面所に入り、急いで衣服を身につける。出て行く時に陽翔は再び菱沼へと視線を向けた。

視線に気付いた菱沼が、煙草を挟んだ手を上げてみせる。

「結局、さ……」

陽翔がぺこりと頭を下げたその時を見計らって、菱沼はおもむろに口を開いた。

「僕らは、誰かに恋してる君を見て、好きになったんだよね。だから君が誰かを好きだと思う気持ちを、無理に止めることは出来ないわけだ」

「……菱沼さん」

「君が簡単に諦める子だったら、きっと僕もここまで夢中にならなかったんだろうなぁ」

そんな言葉を付け足すのは、きっと陽翔の気持ちを軽くさせようとした彼の気遣いだっただろう。

　どこまでも優しい相手に、陽翔はそっと胸を押さえる。

「また失恋したら、僕のところにおいで」

「……ありがとうございます」

　礼を告げて、陽翔はようやく廊下に出る。菱沼はああ言っては見せたけど、陽翔が失恋したとして、もう二度と菱沼に会わないと思っていることはきっと理解している。

　最後に向けられた、慈しみの籠った瞳を思い出す。彼は本当に、陽翔が思っていた以上に本気で好きでいてくれた。それが判ったからこそ胸は痛かったけれど、判らないままにしなくて良かったと、そんなことを考えた。

　あれほど優しい人の気持ちを振り切ったのだから、これ以上逃げることは出来ない。どういう結果になろうとも、もし雅義に詰られたとしても、自分を卑下することだけは止《よ》そうと陽翔は心を決めた。


　家に戻るとメールに書かれていた通り、家の前に雅義がいた。ドアを背にして立つその姿に、心臓が大きな音を立てる。予想していても、どれだけ心の準備をしていても、雅義の姿を見るだけで平常心は失われてしまう。

「……雅義」

呼び掛ける声が、震えていることに気付かれなかっただろうか。そんな心配を胸に抱き、陽翔は彼に近付いた。

ドアに当てていた背を浮かし、雅義が陽翔の方を見る。二人の視線が交わっただけで、信じられない程の幸福感が陽翔を満たしていった。

「……返事、しなかっただろ」

ドアに鍵を差し込んで、陽翔は告げる。

「俺が戻ってくるか判らないのに、いつまで待つつもりだったんだよ」

「終電まで待って、無理なら明日また来ようかと……」

「そういうこと、するなよ」

平静を装ってそう告げて、ドアを開けようとした手を途中で止める。それに雅義も気付いた様子で背後に近付くから、陽翔は小声で呟いた。

「……期待、するだろ」

「え？」

「入れよ。……話なら、中で聞くから」

向き合って話をするつもりだからと告げる陽翔に、雅義がわずかに目を見張る。しかしすぐに神妙な面持ちになって室内に入り、ドアを閉じた。

促すままにテーブル越しに正面に座ると、雅義の表情は普段よりも硬くなる。真っ直ぐに陽翔を見ずに、視線をわずかに下へと向けた。

「俺の気持ちは、もう判ってるだろ」

いつまでも話を始めない雅義の前にカップを置いて、陽翔は自分から切り出した。

「約束破ったことは謝る。ごめん。でも、俺はまだ、おまえのこと……好き、だ」

「……うん」

「忘れる努力はした。恋人を作って、雅義のことは諦めようって……でも、駄目だった」

今度は何も言わず、雅義が頷く。それを待ってから、陽翔はもう一度その言葉を繰り返した。

「俺は、今もまだ、おまえのことが好きなんだ」

頷きさえも返さなくなった雅義に、陽翔はカップを傾ける。インスタントコーヒーの単調な苦さが咽喉をつく。

「約束を破ったのは俺だし、それは悪かったと思ってる。だから、雅義がしたいようにしてくれていい」

「……俺の？」

「俺が許せないっていうなら、恨んでも殴ってもいい。気持ち悪いって言うんだったら、二度と会わなくていい。……でも、友達に戻るっていうのだけは、許して欲しい」

「陽翔、だってそれは……」

「すぐには無理なんだ。せめてもう一年……二年かもしれない。俺がおまえのことを本気で諦めきれるまでは、会わないで欲しい」

頼むと告げて、額がテーブルに付く程に頭を下げる陽翔に、雅義は慌てて腰を浮かせた。

「陽翔、顔上げろって」

告げられても陽翔は顔を上げないでいる。とにかく雅義がどう結論を出すのか、それを聞くまではと、頭を下げたままだ。

陽翔の態度に雅義も諦めたのか、今一度そこに腰を下ろす。くしゃりと顔や髪を掻きむしる音が聞こえ、陽翔はちらりと視線を上げた。

「……俺も、いろいろ考えたんだ」

はぁ、と盛大な溜息を吐き、雅義が呟く。

「おまえの気持ちは、その……判ったから。だから俺も、ちゃんと考えた。考えたんだけど、どうしても答えが見つからない……」

疲れた表情で告げられて、陽翔はさらに顔を上げられなくなる。

「どうしたらいいんだよ、俺は……」

「ごめん……本当に」

「本気で悪いと思っているのかよ」

「うん、思ってる」

「俺がどれだけ悩んだか、判っているのか?」

「……判ってる」

どれだけ責められたとしても、黙って受け入れようと思っていた。だから陽翔は彼の言葉に頷き、その度に痛む胸をどうにか抑え込む。

ずっと、一番大切な親友だと思っていた相手に、一度ならず二度までも裏切られたのだ。きっとこれ以上ないほどに傷付いている。

「なんで……恋愛、なんだよ」

よりにもよってと、雅義が呟く。友人でいられたなら、かけがえのない親友として存在出来たなら、どれほど良かっただろう。

何度となく思い返した感情を、陽翔もまた噛み締める。

「恋愛なんか……終わっちまうだろ」

「え……？」

「友達だったら、一生、ずっと一緒にいられるだろ。……それなのに、なんでよりによって恋愛なんだよ」

告げられる言葉の意味が理解出来なくて、彼の方を真っ直ぐに見る。わずかに顔を上げた雅義は、陽翔の視線に気付くとばつの悪い表情で目を逸らした。

「そういう好き、とか……信じられない」

「でも、雅義……」

言いかけたところで、雅義が再び陽翔を見る。その瞳に、恋愛に対する不信を直《じか》に見た気がした。

「陽翔は、さ」

黙り込んだ陽翔の代わりに、再び雅義が口を開く。

「あの……この前の奴と、今も付き合っているのか？」

やけに言い難い様子で問われて、陽翔はぴくりと肩を揺らす。菱沼のことを言っているのだと判ったが、どう答えて良いものかと逡巡《しゅんじゅん》する。しかし、全てを告白する覚悟で口を開いた。

「さっき、別れてきた。……て言っても、付き合っていたかも怪しいけど」

「なんで？」

「……うん」

おまえが好きだからとは言えず、陽翔は途中で言葉を途切れさせる。また沈黙が降りるものの、雅義はすぐに口を開いた。

「陽翔は、……男が好きなのか？」

「うん、多分」

「多分？」

「はっきりとは言えない。でも、男の人の方に目が行くから、多分そういうことだと思う」

どちらにしろ、本気で好きになったのは後にも先にも雅義だったから、断言は出来ない。

「そうか……」

陽翔の言葉を受けて、雅義がぽつり呟く。だから陽翔もわずかに顔を上げて彼を見る。

相変わらず項垂れたまま髪をむしる雅義を、痛ましげに見つめていた。

「……俺は、正直男とは無理だ」

ぽつり呟かれ、陽翔は一度目を閉じる。何を言われても傷付かないつもりでいても、やはりはっきり言われると胸が軋《きし》む。

浅く息を吐き、痛みをやり過ごしてから再び雅義を見た。

「陽翔のことは、一番大切だって思ってる。……でも、そういうのは無理だ」

ゆるりと頭を上げて、雅義は陽翔を見る。二人の視線が交錯し、陽翔は笑みを浮かべようとした。しかし唇は歪み、上手く笑顔が作れない。

「……おまえが望んでいるのは、そういうことなのか？」

「そういう、ことだよ」

キスやセックスといった、普通の恋人同士が求めるものの全てを、陽翔は雅義に対して求めている。

はっきりと頷く陽翔に、雅義は溜息と共に再び頭を下げた。

辺りを沈黙が占拠する。静かな室内で、陽翔は両手を膝に置いたまま動かず、雅義もまたぴくりとも動かない。何を考えているのかは陽翔には判らない。別れの言葉を、詰る言葉を頭の中に並べ立てているのかもしれない。

いっそ、詰ってくれればいいと思う。それで雅義の気が少しでも済むのなら、そうしてくれて構わない。怒鳴って喚いて、もう二度と会わないと、友達ですらないと言われたなら、ようやく諦められる気がする。

そんな身勝手な思考に、陽翔は自嘲の笑みを浮かべる。優しい雅義がどれほどショックを受けたとして、陽翔を詰るわけがない。それを判っているから、余計に苦しかった。

ごめん、と心の中でもう一度、雅義に向かって謝罪する。

「ああ……くそっ」

呻いた先で、雅義が再び顔を上げた。困惑を浮かべたまま陽翔を見て、おもむろに口を開いた。

「妥協、出来ないか?」

「……友達にってことなら、」

その件については気持ちは変わらない。そう告げる陽翔に、雅義は首を横に振る。

「そうじゃなくて、セックスとか……は、無しに出来ないか?」

意味が判らず眉根を寄せる。何を言っているんだといぶかしむ陽翔に向けて、雅義はさらに言葉を続けた。

「そういうの無くてもいいなら、付き合えると思う」

「なに……何言ってるんだよ?」

「キスぐらいならしてやれる。それ以上は、正直無理だと思うんだけど……それじゃ、駄目か?」

頭の中が混乱して、更に意味が判らなくなる。良いように意味を捉えようとする自分を叱責して、陽翔は胸に手を当てた。

　期待するなと、冷静な部分が警告する。

「それだと、おまえの恋人にはなれない？」

「え、えっ……な、なんで恋人……」

「だって陽翔は、そうなりたいんだろ？」

　なれるものなら、なりたいに決まっている。しかし雅義は、さっき確かに無理だと言ったはずなのに、陽翔を恋人にするという話がどこから出てくるのかが判らない。

「あ、のさ……もっと、判るように話してくれない？」

　戸惑いがちに問うと、雅義は心底不服な様子で視線を逸らし、小さく頷く。

「……陽翔と、これ以上離れたくないんだよ」

「でも、それは友達として……」

「関係なんてなんだっていい。言っただろ。俺には、陽翔だけなんだって」

　それは、何度も聞いた。同時に恋愛に対する不信も、男を抱けないということも聞かされている。それなのに何故、そんなことになるのか。

　戸惑いを浮かべる陽翔に、雅義ははっきりと口にする。

「陽翔を失うぐらいなら、恋人でもいい」

　溜息混じりに告げられて、陽翔は大きく息を飲む。胸の奥が熱くなり、気持ちがふわりと浮き立つ。けれど駄目だと訴える気持ちも、陽翔の中に存在していた。

雅義は、陽翔という存在を手放したくないからそんなことを言っているだけだ。それは陽翔の抱く気持ちとは全く違う。

「そんなの……そんな関係、絶対無理、だろ」

「友達が無理だって言うなら、やってみる価値はあるだろ」

「だって、だって……俺は、おまえのこと……」

「だから、妥協出来ないか？」

真っ直ぐに陽翔を見つめる瞳には、疲弊の色が浮かんでみえる。髪をくしゃりと撫でつける仕草は、困った時の雅義の癖だと知っている。彼のそんな表情に胸を痛めつつも、陽翔は高揚を覚えずにはいられない。

「妥協……したら、付き合うって？」

雅義の瞳が動き、陽翔を真っ直ぐに見つめる。こくりと頷くその仕草に、陽翔は首を横に振る。

「駄目、だって……そんな、だって、俺は、おまえが好き……だし」

「だから？」

「だから……無理だ」

期待がせめぎ合う中で、陽翔は溜息を吐く。そんな提案を飲んでも、無理なのは目に見えている。陽翔の気持ちを本当の意味で受け入れて貰えない限り、今と同じ苦しい感情を持て余すことになる。

（抱けないってことは、そういうことだろ）

温もりを求めても、雅義は与えてはくれない。自分だけが求め続ける惨めさに、耐えられる自信はなかった。

だから駄目だと、もう一度首を横に振る。

「なんで？　付き合ってくれるんだったら、おまえだけを見るから」

そんな陽翔に、雅義がにじり寄る。膝を進めてくる相手に、陽翔は深く項垂れた。

「おまえだけを見るよ。他の奴は見ない」

「そんなの、だって……雅義は、女の子の方が……いいんだろ？」

「他の誰より、おまえがいい」

そんなことを言わないで欲しいと、胸の内で呟く。こんな提案に頷く訳にはいかないと判っているのに、どうしても気持ちが揺らいでしまう。

「おまえがいいんだ、陽翔」

膝の上に置いた陽翔の手を、雅義の手が握り取る。驚いて顔を上げると、目の前に雅義の顔があった。

恐怖に似た感情が浮かび、陽翔を苦しめる。頷いてはいけないと思うのに、どうしても自分を止められない。

「お、おまえのは、恋愛、じゃない……」

怯える声で必死に訴える陽翔を、気にすることなく雅義は告げる。

「それが？　関係なんてなんだっていい。俺はただ、おまえに一番に想って欲しいだけなんだ」

「俺は……俺は、おまえのこと、そういう目で見ているんだぞ？」

「どういう目で見られたっていい」

「せ、セックスの対象として……」

「陽翔」

握る手に力が籠る。しっかりと繋がった手の温もりに、陽翔の身体から力が抜けていく。彼の体温が、匂いが、陽翔から正常な思考を奪ってしまう。

（駄目、だ。ちゃんと、断らないと）

後で傷付くのは自分の方だ。そして少なからず、雅義も傷付けることになる。

だから、と思ってみても、迷いはさらに増えるばかりだ。胸の奥が焼けつくようで、彼の肩に身を委《ゆだ》ねてしまいたかった。

「お、俺は……」

嫌だ、と言おうとした唇が、そこで動きを止める。何も言えず、それでもわずかに動かす唇に、雅義の顔が近付いてきた。

驚きに見開く瞳の中で、雅義の唇が自分のそれへと触れてくる。あの日、陽翔から強引に奪った唇が、今度は雅義から触れてきた。

「こないだも思ったけど、キスだったら、何度でも出来る」

触れた唇が震える。言いたかった言葉が、今のキスで全て消えてしまった。

「それじゃ、嫌か？」

嫌だなんて、思ったことは一度もない。本音で言うなら彼の申し出は涙が出る程に嬉しかった。

夢でもいい、一度でいいから雅義の恋人として隣に並んで歩いてみたい。それはずっと抱いていた陽翔の望みだ。

「陽翔……」

柔らかく甘い声が呼ぶ。その声を耳にした瞬間、陽翔の中で全てが限界を迎えた。

胸に一杯になった感情が溢れ出るままに、陽翔はこくりと頷く。そして両腕を伸ばして、目の前の雅義を抱き締めていた。

「陽翔、ありがとう」

礼を言われて、そうじゃないと首を振る。悪いのは、親友であるはずの雅義を好きになってしまった自分の方だ。雅義は何も悪くないし、礼を言われる筋合いもない。

それでも涙が溢れて言葉はひとつも声として出て来ない。胸一杯に広がったのは言いようのない幸福感と、彼に対する申し訳なさだった。

ごめん、と声にならない声で呟き、陽翔は雅義の恋人になった。

3

路地裏にあるカフェの二階はいつも閑散としていて、忙しい日々を忘れさせてくれる。

ぱらりと、頁《ページ》をめくったところでテーブルを叩く音がする。コッコッと、遠慮がちに鳴らされたそれに気付いて顔を上げると、いつの間に来ていたのか、目の前に山脇がいた。

「いつも思うけど、陽ちゃんの集中力、ほんま凄いなぁ」

「……声、掛けてくれたらいいのに」

「いやぁ、いつ気付くか思て」

陽翔が気付くのを待っていたという山脇に、陽翔は苦笑を漏らして本を閉じる。とはいえここに来てからそう時間は経っていないのか、山脇は冷たい炭酸水を片手に汗を垂らしている。今日はことさら暑いとぼやく彼に、陽翔は窓の外に目を向けた。

「ほんで、どうなん?」

ストローの先を軽く噛んで、山脇が問う。

「あーんなイイ人振ったんやから、さぞかし幸せになってんやろうなぁ?」

からかっているというよりは、どこか呆れた様子で山脇は告げる。じっとりと見つめる瞳には、批難じみた色が浮かんで見えた。

もともと山脇には色々と相談に乗って貰っていたから、雅義と付き合うことになったと先日、電話で報告した。唐突な展開に驚き、そして詳細を聞くにつれ、彼の声は呆れを多分に含んでいった。

「菱沼さんのことは、悪いことしたって思ってるよ」

曖昧に笑って、けれど言葉でははっきりと告げる。

「機会があったら、ちゃんと謝りたいとも思ってる」

多分、そんな機会はもう二度とないだろうことは判っている。きっとどこかで会ったとしても、陽翔から声を掛けることは出来ないし、菱沼もまたそんなことを望んでいない気がした。

俯いた陽翔に、山脇は浅く息を吐くと表情を和らげ、肩から力を抜く。

「ま、それはえんやけどね。あの人も、自業自得っちゃ、そうやし」

好みがおかしいんだからと言ってのける山脇の言葉に、菱沼の告白が重なる。

一途に恋愛をしている陽翔に恋をしたんだと、彼はそんなことを告げた。

「それはそうと……あっちは本気なん？」

氷で薄まったグラスに手を伸ばすと、山脇は突然神妙な声を出してきた。

「あっちって？」

「だから、ほら、例のノンケと付き合うっていう……」

すでに電話の時に何度も確認された事だから、山脇の言いたいことは良く判っている。

今もまた繰り返す相手に、陽翔は浅く息を吐き、それからすぐに頷いた。

「本気。雅義と付き合うって、もう決めてる」

「でもあれやろ。セックス無しとか言われてんのやろ？」

声を潜めつつも言い難いところをはっきりと言われ、思わず周囲に目を向ける。相変わらず店内は人もまばらで、二人の会話が聞こえる距離に人の姿はない。

「そんなん、付き合ってるって言えへんよ」

何も知らないガキじゃあるまいし、と付け足して山脇は背凭れに身体を預ける。そのまま天井を見るその表情が、やけに遣《や》る瀬無いものに見えたから、彼なりに心配してくれているのだろう。

「んー。まぁ、それは……雅義、女の子が好きだし」

「だったら……」

「でも、俺と付き合う間は、他の人のこと見ないって約束、してくれたし……」

自分以外の誰かと親しくしているところを見ないで済むのなら、雅義の傍にいられる気がした。

もちろん相手の気持ちが陽翔のものと違っていることなど、百も承知だ。その上で、それでも陽翔のことが大切だと言ってくれた雅義の心は、陽翔にとってやはり嬉しいものだった。

「無理、かもしれないけど、いいんだ」

最初から無理だと判っていたことだ。それが何故だか付き合えることになった。一時でも一瞬でも、雅義の傍に『恋人』として居られる。そう思うだけで陽翔の心は湧き立った。テーブルの上で組んだ手に視線を落としたまま、陽翔は微笑みを浮かべる。

「俺、幸せだよ？」

苦笑混じりになってしまったけれど、言葉は本心からのものだった。

ずっと憧れていた。かっこいいと思っていて、それが恋に変わった。好きで、大好きで、けれどそれ以上に大切だったから傷付けたくはなかった。それでもいつしか気持ちは抑え切れない程に膨れてしまった。

弾《はじ》けたそれは、地面に落ちて消えるだけだと思っていた。その気持ちを雅義は掬い取ってくれたのだ。

「あ〜、もう、ほんま、クソったれ！」

手元に視線を落としたまま微笑む陽翔を見つめ、山脇は悪態を吐く。どうしたのかと顔を上げると、彼は火をつけた煙草をぷかぷかとふかしていた。

「……なに？」

「ほんっまにアホやなぁって思うわけよ。あんたのこと、馬鹿なことばっかしてるって」

口と鼻から白煙を吐き、再び顔を上げた山脇の目は据わって見えた。

「でも、……そんな顔で幸せやなんて言われたら、なんも言われへんやん」

「え……」

「そんなん付き合ってるって言わんから止めときって言いたいのに……言われへんよ」

はぁ、と今度は溜息を吐き出して、山脇は机に突っ伏す勢いで項垂れる。陽翔はわずかに目を見張り、次いで笑みを浮かべた。

「……山脇さんって、結構優しいよね？」

「なに、今頃気付いたん？」

「なんかそういうとこ、雅義に似てるかも」

「止めて。そんなアホなノンケと一緒にせんといて」

本気で嫌がっている様子が可笑《おか》しくて、陽翔は声を出して笑う。不貞腐《ふてくさ》れた顔をしていた山脇も、それに釣られて苦笑を漏らした。

「まぁ、笑えるってことは、大丈夫か」

吸いかけの煙草を灰皿に押し付けて、ぽつり山脇が呟く。それに陽翔は笑みを浮かべたまま、はっきりと頷いた。

本心を言うと、陽翔自身もこれから先がどうなるかは全く判らない。今のこの幸せがほんの一瞬で終わってしまうこともあり得るのだと、知っている。

それでも、と陽翔は思う。

それでも雅義と、正面から向き合ってみたい。それで無理なら無理で、今度こそ諦めが付くかもしれない。ただ今はもう、逃げることだけは止そう。

心に決めて、視線を窓の向こうへと戻す。外では相変わらず、眩しい太陽が地面を焼きつくす勢いで降り注いでいた。

雅義から連絡が来たのは、それから二日後だった。

付き合うと決まった時からもメールは何度か来ていたけれど、電話はこれが初めてだ。かつては執拗《しつよう》だった連絡が、今はこんなにも減っている。陽翔に逃げられる心配がなくなったという安堵による変化なのかそれとも、とそこまで考えて、慌てて思考を追いやった。

理由はどうあれ雅義からの連絡は嬉しくて、弾む気持ちをどうにか抑えて電話に出る。平静を装う陽翔の耳元で、雅義は何故か黙りがちだった。

あれ、と思って耳を傾ける陽翔に、雅義はようやく「週末に会いに行く」という旨を伝えてくる。それに陽翔は慌てて、今度は自分からそちらに行くと言った。もともと雅義に不信感を抱かせたせいで、彼には何度もこちらに足を運ばせている。来て貰うばかりでは申し訳なかったし、より都市部に近い彼の家の近くには有名なアミューズメントパークもある。一度行ってみたかったと話をすると、じゃあデートをしようと言われた。

その言葉に気恥ずかしさを覚えて押し黙る陽翔に、雅義も何故か黙り込んでしまった。

奇妙な沈黙は数秒程度のもので、長いというわけもない。それなのに何故か重苦しい空気を覚えて陽翔は視線をさ迷わせる。居心地の悪さに雅義も気付いたのか、彼は慌てて口を開いた。

それじゃあ、と言って切れた電話を摑んだまま、陽翔は今の感情をしばらくの間払拭《ふっしょく》出来ないでいた。

あれは何だったのかと、何度も思い出しては首を傾げる。

当日もその時のことを考えながら向かった駅で、雅義は先に着いて陽翔を待っていた。

「ごめん、待たせた？」

「俺も今来たとこだから」

雅義の顔を見ると、それまでの不安が一気に吹っ飛ぶ。にこりと微笑まれて、それだけで陽翔の胸は湧き立った。

「じゃ、行こうか」

そう言って腰に手を当てた雅義に、陽翔は目をわずかに見張る。慌てて身を離すと、彼の腕は陽翔を追い、腰を抱き寄せに掛かる。

「ちょ、雅義っ」

慌てて声を出すと、戸惑いを孕んだ視線を向けられる。これで合っているのかと問い掛けるその瞳に、陽翔は浅く息を吐く。

「男同士だし、そういうのは止めた方がいいと思う」

「えっ、あ……そういうもんなのか？」

「うん。あんまりあからさまなのは、ちょっと……」

昔に比べて偏見はなくなったとはいえ、実際にはまだまだだ。好奇の目に晒《さら》されるのは、陽翔としても避けたい。

　そういう簡単なことさえ判らない様子で、雅義は髪を軽く掻く。ちらりと陽翔を見て深い溜息を吐くその姿に、陽翔はチクリとした痛みを覚える。

「陽翔？」

「あ、うん……早く行こう」

　小さなすれ違いが胸に痛い。しかしそれを雅義に言えるはずがなくて、陽翔は顔を上げてにこりと微笑む。目が合った瞬間、不意に雅義が目を見開いた気がした。じっと陽翔を見たかと思うと、突然視線を逸らす。そんな些細なことにさえ、陽翔の胸は小さく痛む。

（無理、させている？）

　そんなことは、最初から判っていたことだ。雅義は女の子が好きなのだし、陽翔とは親友という関係を望んでいる。それでもなお付き合ってくれているのは、ひとえに陽翔が望んだからに他ならない。

「ほら、これ持って……陽翔？」

「あ、う、うん、ありがと」

　園内の案内図を渡されて、陽翔は慌てて顔を上げる。礼を告げて雅義の顔を見ると、彼は首を傾げてみせた。

　その表情に他意は見られなくて、陽翔はようやく安堵する。今は、付き合ってくれている彼の好意に素直に甘えようと決めて微笑みかけた。

「あ、と……どれから、行こうか」

　にこりと微笑む陽翔に、またも雅義は視線を逸らす。その様子がいかにも不自然でまたも胸が痛んだが、それを陽翔は心の奥へと押しやった。

　息苦しさを振り切って、雅義を促す。今のこの時間を楽しむことに決めたはずだと、自分自身に言い聞かせた。

「雅義、あっちから行きたい」

　先鋭的なアトラクションの並ぶ園内で、陽翔は雅義の腕を掴む。手を繋ぐ勇気はなかったけれど、このぐらいなら許して貰える気がした。

　腕を掴み、乗り物に乗り、そうして疲れた振りをして雅義にしなだれかかる。少しでも近付いていたくて、人の少ないベンチに座り、眼鏡を外して息を吐いた。

「何か飲むか？」

　絶叫系のアトラクションをこなした後でぐったりと雅義に寄りかかった陽翔を、心配そうに見つめる。

「アイスか何かの方がいいか。さっきそこに……陽翔？」

「ん、……うん」

　気分の悪い振りをして身を寄せ、雅義の肩に額を押し当てている。二人の陰でそっと、雅義の手を握った。

　避けられたらどうしようかと、わずかに孕んだ怯えに指先が震える。

「悪い……今だけ、少しの間だけだから」

このまま、手を握っていて欲しい。祈る心地で告げる陽翔の声に、雅義の指がわずかに迷いを孕む。しかし指は引き抜かれることなく、陽翔のそれを握り返してくれた。

指に感じる温もりが嬉しくて、薄く笑みを浮かべる。それに気付いた雅義が視線を向けてくるから、そっと上目使いに彼を見た。

「雅義？」

にこりと笑った陽翔に対し、彼の瞳はもの問いたげな様子に見えた。至近距離で見つめていると、何を思ったのか陽翔の手の甲を指でするりと撫でてきた。

「え……？」

繋いだまま視線を向けようとした陽翔の顔に、影が被さる。慌てて顔を上げたところで目の前に雅義の唇があったから、さすがに焦りを覚える。

「なっ……なにっ」

自然な仕草で唇を寄せる雅義に、陽翔は慌てて彼の肩を押し返す。人が少ないとはいえ誰もいないわけではない。こんなところで、男同士でキスなど出来るはずがなかった。

「こ、んなとこで、何考えてるんだよ」

「……ああ、悪い。つい」

本気でするつもりだったのか、口元を手で押さえて視線を逸らす。なんでそんなことをするのかと戸惑い、しかしすぐにその理由に気付く。

きっと雅義は、今まで付き合ってきた相手にはこうやって平気でキスをしてきたのだ。そういう仕草が、義理ではあってても陽翔と付き合うことになって、自然と出てしまったのかもしれない。

そう考えると合点がいく。しかし同時に、胸の奥がじくじくと痛んだ。

(雅義は、やっぱり女の子の方がいいんだ)

こういうところでキスをしても、決して不審に思われることはない。そういう相手こそ雅義には相応しい。

「陽翔、ちょっと待ってろ」

俯いて息を吐く陽翔にそう言い置いて、雅義が席を離れる。戻ってきた彼の手には、棒付きのアイスが二つ、握られていた。

「ほら、これで少しは落ち着くだろ」

ひとつを陽翔に握らせて、もうひとつを自分の口へと運ぶ。しばらく無言で食べたところでふと陽翔の方に向き直り、額にかかる前髪を押し退けた。

「顔色、戻ってきたな」

「……別に、そんなの」

「絶叫系苦手なくせに、絶対に乗るんだよな、陽翔は」

苦手といっても、どうしても乗れない程ではない。それよりも目玉とされているアトラクションに乗らないままにして、後悔することの方が陽翔は嫌だった。

そんな陽翔の性質を知っているからか、雅義も乗るのを止めることはない。代わりにその後で必ず、こうやって優しく介抱してくれる。触れる手は陽翔のものより大きくて、頼りがいのあるように感じられた。

「そろそろ行こうか」

手を引かれて、慌ててその手を解《ほど》こうとする。しかし雅義は強く握ったまま放さず、先へと歩き始めた。

「ちょ、ちょっと雅義、手……」

「ちょっとぐらいなら、誰も気にしないだろ」

「き、気にするって！」

雅義はもとより、陽翔自身もどう見ても女の子には見えない。そんな二人が手を繋いで歩いているというのは、周りからしたら不自然だ。

雅義は手を放そうとはしないから、陽翔は思い切って手を引き抜いた。

「……陽翔？」

「へ、変だって言ってるだろっ」

感情が昂《たかぶ》っているせいで、声が擦《かす》れてしまう。本当は陽翔の方こそ雅義と手を繋いでいたい。周囲にどう思われようとも、一分でも一秒でも傍にいて、触れていたいと思っている。

でもそれは駄目だと、理性が訴える。自分だけではなく、雅義までもが周囲に変な目で見られることが何よりも苦しかった。

「お、おまえは判んないかもしんないけどさぁ、そういう偏見って、結構陰湿だったりするんだぞっ」

押し殺した声でぼそぼそと訴える陽翔に、雅義は一度放した手を伸ばす。陽翔の真正面に立ち、髪に触れ、肩に触れ、そうして上着についたフードを頭に被せた。

「判ったから、そんな顔、するな」

「そ、んな、顔って……」

「泣きそうだぞ」

後頭部をそっと押されて、促されるままに俯いた。すると陽翔の瞳からは、予期せぬ涙がぽろりと零れて地面を濡らした。

薄いフードの上から、雅義が頭を撫でてくる。その感覚と共に、さらに他の人から見えないようにと正面に立って隠してくれている気遣いが嬉しくて涙が止まらなくなる。

肩が震えないようどうにか堪えて涙を零し、浅く息を吐く。まだ顔は上げられないけれど、大丈夫だと訴える為に雅義の胸元を軽く押した。

「悪い。……も、平気、だから」

陽翔の言葉に雅義は頷いて、歩き出す。今度は手を繋ぐこともなく、陽翔の半歩前をゆっくりと歩いて行った。

その時にはすでにこれ以上遊ぶという雰囲気でもなくなっていて、雅義の提案で移動することにした。

「車、借りてきたから」

駅ではなく駐車場の方に歩き出したことを不審に思って問い掛けると、雅義はポケットから車のキーを取り出してみせる。アミューズメントパークは駅から直結しているから、一度車でここに来て、駐車場に置いておいたのだと言う。

「……免許、取ったんだ？」

「ああ、うん。高校卒業してすぐに教習所に行った。……陽翔は？」

「俺は、まだいいかなって。今のところ困らないから、大学卒業までには取るつもり」

陽翔たちの住んでいた田舎の町では、車がないと生活に困ることが多かった。しかしここでは、移動は電車やバスで十分だ。

バイト先の知り合いに借りたという深緑の軽自動車は、年季の入ったものだった。丁寧に整備されているお陰か、乗り心地は悪くない。

「自動車整備会社に勤めてる人で、道楽で古いの整備したりしてるんだって」

「え、でもバイトの知り合いって……」

「道楽に使うお金がないから、週に三日ぐらいバイトしてる。会社も今は不景気でさ、色々大変だって」

車の持ち主の話から車のこと、そしてバイトや学校での他愛ない出来事を話しているうちに、車は市街地を抜けて行く。しばらく続いた会話も、時間が経つにつれ次第に減っていった。

窓の外を見る振りをして、陽翔は時折雅義の方を盗み見る。運転に集中していた彼が、信号で止まったのを機に陽翔の方を見た。目と目が合い、やけに気まずく感じて、慌てて視線を逸らす。

「今日はよく、そういう顔をするよな」

発進すると同時に告げられた言葉に、陽翔は慌てて雅義を振り返る。何を言っているのかと、顔を覗き込み眉根を寄せる。

「さっきみたいなの。……陽翔って、付き合ってる相手にはそういう顔するんだ?」

「え、なっ、何言って……」

「……うん、何言ってるんだろ」

自分でも判っていないのか、雅義は曖昧に返すと再び口を閉じた。

更に状況の見えない陽翔は、自分の頬に手を当てて擦ってみるものの、どんな表情だったかなど判るはずもない。一体どういう顔で雅義を見ていたのかと考えて、思い当たることはひとつだけだと気付いた。

(物欲しそうにしてた?)

雅義を見る目にいつも以上の熱が籠っていたことは、陽翔自身も否めない。彼が今、陽翔の恋人という立場にいてくれると思うだけで、気持ちはいつも以上に雅義の方へと傾いていた。

そう考えてみると、園内で雅義が陽翔にキスをしようとしたことにも合点がいく気がする。陽翔の気持ちを汲んで、優しい彼は付き合ってくれたのだろうか。親友でありたいと思う相手に触れ、それなのに拒まれて、そういった小さなことに疲れ果てているのかもしれない。

「……雅義」

上り坂に差し掛かったところで、陽翔はぽそりと彼を呼ぶ。それにわずかに応えたものの、雅義が何かを聞き返すことはなかった。

考え込んでいる様子の陽翔に何度か目を向けて、山の中腹にある小さな駐車スペースで車を止める。

「ここ……」

眼下に広がるのは街の夜景で、それが海の方まで続いている。綺麗な景色が一望できるここは、夜景スポットなのだろう。

移動に時間がかかったこともあり、辺りは宵闇に包まれていた。まだ夜景には早かったけれど、街の灯りも次第に増えていく。

「デートって言ったら、ここ教えてくれたんだけど」

人も少なくて夜景を見るには絶好の場所だと、大学の友人が言っていたと雅義は話す。

「……もしかして、こういうのも駄目だったか？」

男同士ということの意味を理解出来ずに、すでに何度か陽翔に叱《しか》られている。そんなことがあったからか、戸惑いがちに尋ねる雅義に陽翔は苦笑を浮かべた。

「人が多いとこならまずいけど、こういうとこなら平気」

「そっか、良かった」

樹木を模《かたど》った柵に手を当てて、陽翔は身を乗り出して景色を見つめる。デートらしいデートは、陽翔も初めてだった。車で周囲を回ったり食事をしたりする程度ならあったけれど、あくまで移動という形だ。

そういう意味では、今日のデートは陽翔にとって新鮮なものだ。そして傍には雅義がいると思うと、それだけで胸が一杯になってくる。

「ここって、あんまり人、来ないの？」

問い掛けに、雅義は首を傾げる。

「もっと上に、ちゃんとした夜景スポットがあるから。それにここ、車止めるスペースが他にないだろ？」

駐車スペースは、確かに二台がぎりぎりだ。二人きりになりたいカップルなどは、先客がいたら諦めざるを得ない。

それなら邪魔は入らないだろうと考えて、陽翔は雅義に向き直った。久しぶりに真正面から見つめる陽翔の視線に、淡い外灯の下で雅義が薄く笑った。

「なに？」

優しく問い掛ける声に、陽翔は浅く息を吐く。自分をどうにか落ち着かせて、静かな声で訊く。

「キス、してもいい？」

雅義の袖を摑み、そっと引き寄せる。強請《ねだ》る仕草に、雅義はわずかに目を見張ったものの、すぐに笑顔に戻った。

返事は、雅義からのキスとして返された。陽翔の肩に手を添えて、唇に唇を這わせる。やんわりとした感触は舌によって濡らされることで、次第にはっきりとしたものへと変化していく。

唇の肉を食《は》まれる感触にうっとりと目を閉じ、自ら舌を差し出す。雅義のそこをちろりと舐めると、彼もまた舌を差し出し、陽翔の中へと押し入ってきた。

「ん、ぅ……」

眼鏡の縁が雅義に当たり、カチリと音を立てる。邪魔だというように彼の指がそれを外し、舌を深く差し込んでくる。歯列を辿り、上顎を舐め、そうして陽翔の舌を追う。口一杯に広がった雅義の匂いと唾液とで、陽翔は思わず息を詰める。

くぐもった声を出すと口付けは解かれ、薄く開いた瞳に雅義の顔が映り込む。熱の籠った瞳に儚《はかな》い悦《よろこ》びを覚え、陽翔はほっと息を吐き出した。

「なぁ、陽翔……」

「キス、なら、出来るんだな」

何かを言いかけた雅義を遮って、陽翔は苦笑混じりに告げる。キスは出来ると言っていたけれど、ここまで濃厚なものを貰えるとは思っていなかった。

「言っただろ。陽翔なら、平気だって」

「……うん、そうだった」

渡された眼鏡を握り、微笑みを浮かべて陽翔はそっと目を伏せた。陽翔なら、と言われて、今もまだ喜びが胸に湧く。しかしいつまでも喜んではいられない。

今日一日、雅義の隣で恋人として付き合ってみて、理解出来たことがある。電話が来た時からずっと感じていた違和感が、今はひとつの形となって現れていた。

結局は、そういうことだと陽翔は思う。雅義は女の子としか付き合ったことはないし、そうすることしか出来ないはずだ。そんな人を自分の都合で振り回しているのは、結局は陽翔の方だった。

これ以上彼を悩ませないよう、早くに終わらせておく方がいい。そう思ってみるものの切なさが胸を焼き、離れたくない気持ちが陽翔の中でせめぎ合う。

「……その顔」

不意に雅義が呟いた。先ほどとは違う、どこか険の立つ物言いに慌てて顔を上げて彼を見る。

「だから、そういう顔するなよ」

「……そういうって、どういうんだよ」

「だから、……ああもう！」

上手く説明出来ないのか、今一度唸《うな》ったと思うと、何故か雅義は陽翔の顎に指を掛ける。持ち上げられて視線がぶつかり、それに驚く間もなくまたも唇が塞《ふさ》がれた。

先ほどとは違って、すぐに口腔《こうこう》へと舌が挿入される。いつの間にか顎を押さえていたはずの手が後頭部に回り、髪を摑んで後ろへ引く。強引な動きに口は自然と大きく開き、雅義の舌がそこに貪《むさぼ》りついてくる。

「うっ、う、……ふ、んんっ」

激しい口付けは、濃密な性交を彷彿《ほうふつ》とさせる。じわりと身体の芯が熱くなり、手すりに押さえられた腰が小刻みに震える。立っていることさえ辛くなり、堪らず雅義の腕を摑むものの、指先にはすでに力が残っていなかった。

「んぅ、う、うぅ……」

膝が折れ、ずるりと身体が下へとずれる。それによって離れた口端からは、唾液が一筋滴り落ちた。

「お、まえ……なに……」

唐突な行為に付いていけず、戸惑いがちに口を開く。何度も吸い付かれた舌は痺《しび》れて呂《ろ》律《れつ》が回らない。それを恥ずかしく感じて、陽翔は視線を横へと逸らした。

「陽翔が、そういう顔、するから」

「俺、が……なに?」

「そんな顔されたら、なんか……なんていうか」

何を言いたいのか、雅義は途中で言葉を詰まらせると、代わりに腕を回してくる。陽翔の背を抱き締めて、そうして肩口に顔を伏せた。

「なぁ、そんな顔、他の奴にも見せてるわけ？」

「……雅義？」

「……堪んない」

先ほどのキスの余韻もあってか、雅義に抱き締められて陽翔の指先は小刻みに震える。手も足も自分のものではないみたいで、自力で動かすことさえ出来ない。

「たまんない、の……こっち、だよ」

震える手足をそのままに、陽翔は浅く息を吐く。呼吸が苦しくて、そのせいか思考も上手く働かない。

「こ、んなに……抱き締め、られたら……堪んない、よ」

激しいキスと抱擁と、そのどれもが陽翔が欲しくて堪らなかったものだ。それを与えられた今、陽翔の身体は熱を帯びて震えている。

すでに理性では抑えられない熱量に、陽翔は立っているのも辛くなる。

「ど、してくれるん、だよ……こんな、に、なったら……自分、じゃ、もう……」

震える指先が宙をさ迷い、雅義の背中へと伸ばされる。陽翔のものより広く逞《たくま》しい背に掌を這わせ、そうして衣服を握り締めた。

「責任、取って、よ……」

「陽翔……」

「無理、でも……どうにか、して……も、くるし」

まともな思考は繋げず、陽翔は残った力を籠めて身体を雅義のそれへと添わせる。柵に半ば凭れていた腰が浮き、彼の太股《ふともも》の辺りに擦《こす》りつけられ、そこが歓喜したのが判った。じん、と伝わる熱に、陽翔は投げやりな気持ちにさせられる。身体の奥に籠った熱をどうにかして欲しくて、それ以外のことはどうでも良くなってしまう。このまま呆れられ、気持ち悪がられても仕方がない。逃げ出すなら逃げ出せばいい。

（これが、俺、なんだ）

どんな綺麗事を言っても、雅義に触れられただけで感じ入ってしまう。キスをされ抱き締められて、欲望は兆しを見せる。

友達でいられない理由は、こんな簡単なことなんだと雅義に知らしめてやりたかった。

「……いいの？」

ぼそり、耳元で意外な声が響いた。低くくぐもった声は、一瞬は浮付いた陽翔の脳が作り出した幻聴かと思った。

「そんなこと言って、本当にいいのか？」

「い、いいって……まさよ、しっ」

「いいんなら、連れて行くぞ」

腰を抱き寄せられて、涙が出そうになった。もう身体中、どこもかしこも雅義を求めていて、それだけで全てが一杯で、他のことは考えられない。

「い、いい……いい、からっ」

祈る気持ちで訴えた陽翔の身体を、半ば引きずって車へと戻っていく。ぐったりとした陽翔の身体を助手席に押し込むと、反対側のドアから運転席へと乗り込んだ。

はぁ、と大きく息を吐く陽翔の身体にシートベルトを巻き付けたのも雅義だ。そうして至近距離で合わさった瞳には熱が見て取れたから、その事実が陽翔の身体を更に昂らせた。

「すぐそこだから、ちょっと我慢してろ」

もぞりと太股を擦り合わせた動きに気付き、雅義が告げる。その言葉に頬を赤く染め、陽翔は深く項垂れた。

雅義の言った通り、そこは二人のいた場所からすぐのところにあった。こういう夜景スポットには付きものなのか、典型的なホテルの外装は、見ているだけで恥ずかしくさせる。居た堪れなさを感じて身じろぐ陽翔の方をうかがうこともなく、雅義は地下階にある駐車場へと潜って行った。

「立てるか？」

わずかな時間しか経っていないとはいえ、車で移動したこともあって陽翔の身体も少しは落ち着きを取り戻していた。それでも助手席から降りようとすると雅義が腕を差し伸べ、身体を支えてくれるから、彼の腕に縋《すが》ってエレベータへと向かう。部屋へは受付を通さなくても入れる仕組みで、男二人でもすんなり入ることが出来た。

「このへん、詳しいの？」

迷うことなく到着したこともあって、戸惑いがちに問い掛けると雅義は淡々とした口調で答えた。

「あそこを教えてくれた友達が、ここのことも言ってたから」

「……あ、そっか」

雅義のデートの相手は女の子だと、その友人は疑うこともなかったのだろう。そういう事情に納得して、陽翔は室内へと踏み込んだ。

わざとらしく淡い照明で照らされた室内を横切り、雅義は陽翔を広いベッドの端へと腰掛けさせる。そうして自分は正面に立ち、改めて陽翔の姿を見下ろした。

不躾《ぶしつけ》に向けられる視線は、まるで値踏みされているようで居心地が悪い。戸惑いに瞳を揺らし、陽翔はそのまま俯いた。

「雅義、その……」

「うん？　あ、ああ」

「あんまり、見ないで欲しいんだけど」

そう告げる陽翔に、雅義は慌てたように背を向ける。向こうを向いた相手に苦笑して、すぐに笑みを消す。次いで陽翔は重々しい溜息を吐き出した。

「……ほんとに、出来んの？」

フード付きの薄手の上着に手を伸ばし、自らのそこを強く握る。身体の芯は相変わらず火照っていたけれど、心は時間と共に冷めていく。落ち着いてくると、今度は言いようのない不安が陽翔を襲った。

「セックスは出来ないって、雅義、言ってただろ」

「……うん」

素直に頷く相手に、陽翔は身体を強張らせる。自分から言っておいてなお、雅義に拒絶されるのはどうしても辛い。

重い腰をベッドから上げて、ゆっくりと立ち上がる。その動きに気付いたのか、雅義が慌てて振り向いた。

「陽翔？」

「……風呂で、抜いてくる」

これ以上雅義の手をわずらわすことは出来ない。そう決めて立ち上がる陽翔の身体に、雅義の手が触れた。肩を掴まれ、身体がぐらりと傾ぐ。慌てて引き剝がそうとするものの、未だ力が入りきらない身体は言うことを聞いてくれない。

「う、わっ」

後ろに傾いだ身体が、ベッドの端に倒れ込む。太股から先はベッドからはみ出していたものの、雅義の腕が陽翔の身体をベッドに張り付けていた。

「ま、さよし……？」

どうにか支え、その反動で被さった雅義の顔を見上げたまま陽翔はぼそりと呟く。体勢が体勢だけにひどく恥ずかしくて、頰が赤く染まってしまう。それを少しでも隠す為に横を向く陽翔の頰に、雅義の手が触れた。

冷えた指先が心地よくも、切なさを煽《あお》る。

「その顔……」

また表情のことを言われて、半ばうんざりとする。結局どういう顔なんだと問い返す代わりに軽く睨むと、雅義は意外な言葉を口にした。

「すごく、悲しそうなんだ」

「え……」

「慰めたくなる」

そう言って口付けを与えてくる雅義に、陽翔はわずかに目を見張る。てっきり物欲しげな顔をしているものと思っていた。しかし実際には違うのだと、雅義は言う。

「慰めるっていうか……温めてやりたくなるんだ」

「な、に……言って」

「そういう顔、他の奴にも見せたのか？」

目を細めて問われても、そんなことが陽翔自身に判るはずもない。無意識に向けた表情がどんなものだったかは、想像もつかないままだった。

「なんで、そんな顔するんだよ。寂しいの？　それとも、寒い？」

「あ……だって、」

「温めて、欲しい？」

寒いかどうかは判らない。ただ、温めて欲しいかと問われて、陽翔が答えられるものはひとつきりだ。

「ほ、しい……温めて、欲しい……」

陽翔の表情に感化されているだけだとしても、もし雅義にその気がわずかでもあるのなら、彼の素肌に触れてみたい。ほんの少しでいい。互いに素肌に触れるだけの、稚拙なものでも構わない。ほんの気まぐれで与えられるわずかな温もりでもいいから、とにかく雅義が欲しかった。

「まさ、よし……っ」

両腕を彼の首に回して、片方の手で首筋に触れていく。もっと触れたくてシャツの襟から中へと指を這わせ、もっともっとと願うままに弄った。

「ちょ、と……待てって」

喘ぐように息を吐き、必死に触れる陽翔の様子に苦笑して、雅義はその手を放させるとシャツを頭から引き抜いた。

「う、あ……」

夢にまで見た雅義の肉体に、感嘆混じりの喘ぎが漏れる。ずっと一緒に育ってきたから、彼の裸を見る機会はいくらでもあった。ある時を境にあえて見ないようにしていたのは、陽翔の都合が悪かったからだ。

今、ようやく視線を向けることが出来る。白く浮き出た鎖骨から胸襟、腹筋はわずかに割れて、呼吸をする度にひくついている。その様子を眼鏡越しに見つめるだけで陽翔の身体は更に熱を帯びていく。

「雅義、の……」

「陽翔？」

「すご、い……ぜんぶ、雅義、だ」

当たり前のことを感嘆混じりに呟く陽翔に苦笑を漏らし、雅義は改めて陽翔へと覆い被さってきた。

「陽翔、もう少し上、行ける？」

言われるままに腰と足を使って身を上げる。ベッドの真ん中に移動すると、雅義の手が陽翔の上着を脱がしにかかる。

「あ、やだ……」

更に眼鏡を外そうとする雅義の手を、陽翔が止める。全く見えなくなる程、視力は悪くないけれど、雅義の姿をくっきりと目に焼き付けておきたかった。

熱い息を吐き、雅義が陽翔の首筋に唇を落とす。筋を辿って上下に刺激し、思いつきで耳朶を噛む。吐息が耳の中を弄《もてあそ》び、わずかに身じろぐと、雅義は耳中に低く囁いてきた。

「陽翔」

「んっ……んぅ、あ、雅義……」

声の響きにさえ、身体がぴくりと反応する。陽翔の身体はどこもかしこも痺れて、どうにか動かすのがやっとの状態だ。それでも震える指で雅義の脇や背、そして腰の辺りを撫で擦る。

「雅義……もっと、触って」

触れられていると、感じる度に腰が熱くなる。わずかな刺激にも敏感に反応する自分が恥ずかしくて、けれどこれで最後かもしれないと思うと、触れずにはいられなかった。

（雅義の……全部、触りたい）

もう二度と触れられなくなっても、忘れないでいたい。そんな気持ちが陽翔を急き立てる。腰から腹部へと回した手を彼のズボンの前へと回す。綿製のそこをやんわりと撫でると、布越しにも勃起《ぼっき》していることが感じられた。

「つッ……陽翔っ」

「……雅義、感じてる」

震える指先では上手く触れられなくて、それが酷くじれったい。触れたい気持ちを抑えきれずにベルトに手を掛けると、雅義は慌ててその手を払い退けた。

「なん、で……」

残念な気持ちで見上げ陽翔に、眉根を寄せて苦笑を浮かべる。どうしてと問うてみても何も言わず、雅義は黙って身を起こすと陽翔のベルトへと手を掛けた。

「あ、雅義……俺はいい、からっ」

「なんで？　陽翔も感じてるだろ」

「で、でも……嫌だっ！」

太股の上に馬乗りになり、ベルトを引き抜いてしまう。更にジーンズのボタンに掛かろうとした彼の手を押し退けようとするが、力の入らない手ではどうすることも出来ない。

駄目だと叫ぶ陽翔の声を無視して、雅義は前を解いてしまった。

「うっ……」

ファスナーを下げ、股間の変化を雅義に見つめられる。そのことに、羞恥《しゅうち》と共に不安を募らせて、陽翔は小さく呻き声を上げた。

「……陽翔？」

「み、見るな……」

「なんで？」

陽翔自身が男であることは、今更変えることの出来ない現実だ。それでも雅義の目の前に男の証《あかし》を晒したくはなかった。

「だ、て……萎《な》える、だろ」

「おまえが？」

「俺、じゃなくて……雅義、が」

顔を手で覆ったまま訴える陽翔の言葉に、雅義は何も言わずにズボンの腰回りに手を当てた。そのままずるりと引きずり下ろすから、大きく目を見張る。

「やっ、ちょっと待てって！」

慌てて身を起こそうとする陽翔の腰を押さえたまま、雅義は陽翔のジーンズを膝の辺りまで引きずり下ろすと、今度は下着に手を当てた。

勃起したままの性器が、下着を押し上げているのが目に映る。あさましい自分の反応を見ていられなくて顔ごと背けた陽翔のそれを、雅義は一気に引きずり下ろした。

「う、ぁ……」

性器が外気に触れる感触に、陽翔は後ろ手に付いていた手を放す。これ以上は考えたくなくて、ベッドに倒れ込むと再び腕で顔を覆った。

「陽翔の、すごい反応してる」

「い、言うなっ」

「俺に触られて、こうなったのか？」

触れて、触れられて、それだけで今にも達しそうな程に陽翔は勃起している。きっと今の状態で見つめられているだけで、きっと達することが出来るだろう。それほどに昂った欲望を諌めることは、陽翔自身にさえ出来ないでいた。

（恥ずかしい……）

今まで感じたことのない、強烈な羞恥が陽翔を襲う。行為自体は初めてではないし、他の男にも同じように見られてきたはずだ。それなのに雅義に見られることは、陽翔にとってひどく恥ずかしくて、居心地の悪いものだった。

頬だけではなく、身体中が赤く染まる。どうすればこの羞恥から逃げられるのかが判らず、陽翔はただ身悶《みもだ》えるしかなかった。

「うっ、う……雅義っ」

「すごい……感じてんの、良く判る」

見られていることに耐えかねて、陽翔が救いを求めて腕を伸ばす。それに気付いて雅義は陽翔へと身を寄せると、胸元にそっと唇を押し当てた。

「あ……んっ」

胸と脇腹の境目辺りを、肋骨《ろっこつ》に添ってそっと辿る。舌先でくすぐられて、それだけで腰が大きく震える。欲望の先端から先走りの液が漏れ出たのが判り、それすらも陽翔には堪らなかった。

「まさ、よし、……雅義、もっ、もうっ」

「もう、なに?」

「も、ごめん……いきそ、だから」

見られていただけでも限界が近かったところに、更に触れられて陽翔は我慢が効かなくなる。これ以上は駄目だからと、訴える陽翔の下腹部に、雅義はちらりと視線を向けた。

「……雅義?」

さすがに男がイくところを見る趣味はないだろうと思うのに、雅義は何を思ったか一度身を起こすと陽翔のそこに手を添えた。完全に勃《た》ち上がった茎の部分に手を添えたかと思うと、強く上下に扱《しご》き始めた。

「い、いや、いい、からっ……そ、んなこと、しなくて……あっ、あ！」

「イッていいよ」

「やっ、だ、から……もっ、もうっ……ん、んぁ！」

そこを数回扱かれただけで、陽翔の欲望は呆気《あっけ》なく限界を迎えた。先端から体液が迸《ほとばし》り、腹部から胸元へと白い液が飛散する。ただでさえいつも以上に感じていた身体からは、想像以上の情液が吐き出され、まだなおどろりとしたものが先端から零れ落ちていた。

「あ、あっ……ど、して……つッ」

なかなか終わらない射精に、陽翔自身が戸惑いを覚える。恥ずかしくて堪らず、その場から逃げ出したいとさえ思うのに相変わらず四肢には力が入らない。そうしているうちに腰の奥からも力が抜け、全てを出し切ったところでぐったりとベッドに沈み込んだ。

「すごいな。いつも、こんな？」

「あ、ちが……いつもは、こんなじゃ……」

妙な関心を抱かれて、陽翔は必死に否定する。首を振った瞬間、目尻《めじり》に溜《た》まった涙が零れ、それすらも恥ずかしい。手の甲で顔を覆い、そうして再度首を振った。

「おまえ、だから……」

鼻を啜り、はっきりと告げる。他の誰でもない、雅義が相手だからこんなに感じ入ってしまうのだ。好きで、大好きで、どうしようもない相手だからこそ、陽翔の身体は自由が効かなくなる。

こんなに一杯一杯なのに、それでももっと触れて欲しいと願ってしまう。

「おまえ、それ反則……」

不意に雅義が真顔になる。何を思ったのか、それだけを告げると膝に絡まっていた陽翔の衣服を全て剝ぎ取ってしまった。

全裸を雅義の前に晒すのが恥ずかしくて、よじろうとした腰を押し戻される。そうして膝を広げて、雅義はその間に身体を滑り込ませてきた。

「ま、雅義っ」

全てを彼の視界に晒す状態に耐えかねて、陽翔は慌てて身を起こす。どうにか身体を隠そうとする陽翔の手を摑んで雅義は胸元に再度唇を寄せてきた。

「あ、あ、まって、待てって……んっ」

乳首を丁寧になぶられて、声が漏れる。震えと共に零れ落ちた声に、雅義はちらりと視線を向けてきた。

すっと細められた瞳が、胸で感じる陽翔をからかっているようにも見える。男なのにと言われている気がして、陽翔は涙の溜まった瞳をきつく閉じた。

「んっ、んんっ、ふ……うんっ」

その間にも雅義の舌は丁寧に乳首を愛撫する。先端を吸い、口の中で転がして、一度出してから乳輪を軽く弄る。赤く腫《は》れ、完全に勃ち上がったそれから離れたかと思うと、反対側のそれにも丁寧な愛撫を与えてくる。

「んっ、も、もうやめ……や、だっ」

「感じているのに……」

「だ、から、やだって……んんぅ」

片方を吸い、もう片方を指先で愛撫されて陽翔の腰が大きく揺れる。さっき達したはずの欲望が、再び力を持ち始めている。動きによって雅義の太股に欲望が押し付けられて、その刺激にさえ陽翔は身体を震わせた。

「も、やぁ……」

わずかな刺激にも感じ入る自分が恥ずかしい。顔を腕で覆い、腰をひねって横を向く。そうして雅義から逃れようとするものの、下半身は完全に彼に捉えられていた。

胸元から頭を上げた雅義が、陽翔の腰から太股の辺りをするりと撫でる。そうして後ろから内側へと向かい、付け根の際どい部分に触れた。

「陽翔……」

優しく呼ばれ、薄く目を開く。尻の肉を指先で押し上げてくる感覚が、陽翔には奇妙なものに思えて仕方がない。

男は抱けないと言った雅義に、そこは必要のない場所だった。

「あ、……雅義、おまえ、」

どういう意図で触れようとしているのか判らず、戸惑う陽翔の腰を抱いたまま、雅義は更に内側へと指を滑らせる。脚と脚との間、尻の肉を掻きわけたその先にある窄《すぼ》まりに、雅義の指が軽く当たった。

「つッ……お、おまえっ！」

そこに触れられた瞬間、かっと頭に血が上る。陽翔の中に憤りとも羞恥とも区別の付かない激しい衝動が生じていた。

上半身を起こし、雅義の腕を押し退ける。そうして自身の身体を守るように、両腕を身体へと巻き付けた。

「か、からかってんの？」

「陽翔？」

「からかってるんなら、止めろよ……そういうのっ」

悪趣味すぎると訴えて、陽翔は身体を深く折り曲げる。目の前にある白いシーツに視線を落とし、そうして浅く息を吐き出した。

「こういうのは、馬鹿にされてるみたいで……なんか、やだ」

「……悪い、ごめん」

「イきたいんだったら、俺も、やるから」

そう言い置いて、陽翔は雅義の股間《こかん》へと手を伸ばす。雅義自身がそうしたのか、すでにズボンの前は解かれていた。

引っかかったままのベルトを引き抜き、解かれたそこの布地を左右に押しやる。そうして出て来た下着を腰からゆっくりと下ろし、丁寧にその部分を取り出した。

陽翔の痴態でそうなったのか、雅義の欲望は完全に勃ち上がっていた。陽翔のものと同じ、けれど形や大きさの違うそれに熱い息を吐く。雅義のものだと思うだけで、背筋に快感が駆け抜ける。

「すげ……」

「おい、あまり見るなよ」

完全に屹立《きつりつ》した形に思わず感嘆の声を漏らすと、頭上から恥ずかしげな声が漏れる。欲情しているのが判る擦れた低い声にこくりと咽喉を鳴らし、陽翔は手にしたそこに顔を寄せた。

「陽翔……んっ」

立派な形のそれを根元まで口に含むことは出来ず、半ばまで入れて刺激する。根元の部分には手を添え、もう片方の手で後ろの膨らみを揉んでいく。そうして刺激していくと、雅義の腰がわずかに揺れ、先端からは苦い液が零れ落ちた。

くぐもった声を上げる雅義に気を良くして、更に丁寧に愛撫する。口淫《こういん》は苦手だったけれど、雅義の感じ入る声に煽られて、陽翔の欲望もまた熱を孕んでいった。

「陽翔、そろそろ……」

制止を告げられても、口腔で愛撫しているだけで陽翔も感じ入っていて、行為を止められない。亀頭部分が上顎を擦るのや、舌の上で跳ねる感触がこの上なく悦《よ》くて堪らなかった。

「もう、やばいって……」

「んっ、んんぅー」

「こら、放せって」

慌てて陽翔の顔を上げさせようとするのを、強情にそこに吸い付いて拒む。その感覚が強烈だったのか、雅義の動きが一度止まり、次いで腰が前後に揺れた。

腰の動きに咽喉を詰まらせた次の瞬間、雅義の欲望が陽翔の中で弾けた。勢いよく吐き出されたそれが咽喉の奥にまで達し、さすがに咥えていられなくなって口を放す。けれど射精の勢いはまだ止まらず、陽翔の頬や額までをも濡らした。

「んんー、んぁ……あっ」

瞼の上に落ちたそれを手の甲で拭い、薄く目を開く。手についた白い体液がなんだかもったいなくて、陽翔はそこをぺろりと舐めた。

「陽翔、おまえ……」

サイドボードからティッシュを数枚取り出していた雅義が、小さく呟く。そのまま絶句した相手に、さすがに呆れられただろうかと考える。

(それでも、おまえのが欲しかったんだよ)

濡れて意味のなくなった眼鏡を外し、陽翔は口元の体液をぺろりと舐める。どこか甘くさえ感じる自分が可笑しくて、薄く笑って更に手で拭っては舐めようとする陽翔の手を、雅義が摑んだ。

「おまえ、わざとやってんの？」

まるで怒気さえ感じられる低い声が、陽翔の耳を打つ。何が、と問い返すより早く、陽翔の身体がベッドへと押し倒されて、気付いた時には深く口付けられていた。

「んんっ、んー……」

さっきまで雅義のものを舐めていた口を、彼の舌によって舐め尽くされる。止めようと思うのに、ばたばたと振り上げた四肢は完全に組み敷かれた状態では全く意味をなさない。口腔を愛撫され、ただでさえ感じ入っていた身体はくたりとシーツに沈んだ。力の抜けたのを見計らい、雅義はようやく唇を解放した。

「……陽翔は、最後まではしたことない？」

「え、ぁ……なに？」

欲望の熱に包まれ、うっとりと目を向ける陽翔に、雅義は問う。

「だから、ここ……使ったことは、ないのか？」

そう告げて雅義が触れたのは、陽翔の奥の奥だ。尻の筋に沿ってするりと指を這わせ、そうして窄まりを軽くくすぐる。その動きに、陽翔は大きく目を見開いた。

「あ、だ、だって……おまえ、抱けないって……」

「さっき止めたのは、そういう意味？」

「だ、抱けないくせに、そんなとこ、弄られるのは……」

正直、辛い。

そんな言葉を呟く陽翔に、雅義は一度そこから手を放す。戸惑いを孕んだまま視線を向ける陽翔の身体を反転させたかと思うと、腹の下に枕を押し込んできた。

「なっ、何するんだよ！」

「ごめん、前言撤回していい？」

「な、なんの話……」

「だから、抱けないって言ったこと」

唐突にそんなことを言われ、陽翔は言葉を失う。ぱくぱくと口を開閉させているうちに、雅義の手が再び奥へと触れてきた。

「あ、や、ま、待って、待てって！」

「これ以上は、俺も待てない」

「そ、じゃなくて……駄目、だって、そのまま、じゃ……んっ」

陽翔が訴える間にも、雅義の指先が陽翔の中へと触れてくる。そのままでは入らないと思われた雅義の指は、粘着質な液体で濡らされていた。

「あ、や……ま、て……せめてっ、シャワー……」

「今更？」

ローションで濡らしたのだろう。ねちゃりと水音を立てて雅義の指が中を押し開く。その感覚に咽喉を引きつらせ、陽翔は必死に訴えた。

「そ、のままじゃ、駄目っ……ん、だからっ」

「いいよ。俺は気にしない」

「お、俺が、気にす……あぁ！」

訴える間にも、雅義の指は第二関節まで入り込む。こういう事情に明るいのか、男は抱けないと言ったくせに的確に前立腺を突いてくるあたりが憎らしかった。

粘着質な音を立てて、内部を丁寧に解《ほぐ》していく。悦い部分を指の腹で擦り、奥へと入れた中指をゆっくりと引いてくる。そうして出口付近まで到達すると、そこをぐるりとかき混ぜて、再び奥へと押し込んできた。

「ふ、ぁ……あ、あぁ……」

ゆっくりとした動きに、指の感覚がリアルに伝わる。ぬるぬると出し入れされる感覚に、陽翔のそこはすぐに開かれていく。

「あ、や、だ、め……」

「まだ、駄目？」

「あ、じゃなく、て……お、まえの……んっ」

内部を弄られる慣れた感覚に、陽翔は全身を震わせる。説明しないとと思うのに、上手く舌は回らず、声は言葉にならない。

そうして喘ぎ混じりの声を発する間にも、内部の指が二本に増やされた。

「あっ、あ、だ、駄目……ダメだ、て」

雅義の長い指に愛撫され、内部は更に開かれていく。彼のものを受け入れたくて、口腔や顔に受けた熱いものが欲しくて堪らないのに、理性が寸前のところで邪魔をする。

このまま受け入れるわけにはいかないからと、必死に身体をよじって雅義の方を見る。

「陽翔？」

その様子に雅義は首を傾げ、内部の指はそのままに動きだけを止めた。

内部に留まった指の感覚に息を吐きながらも、どうにか上体を起こし、陽翔は震える唇で訴える。

「このままじゃ、まずい、から……するんなら、先にシャワー浴びさせて」

「でも、もう……」

「無理なら、せめてゴム、付けて」

それはそれでもったいない気がして、そんなことを考える自分に陽翔は苦笑を漏らす。

本音では、雅義をそのまま感じていたいと思うのだけれど、受け入れる準備をしていない身体ではそれは難しい。

どんな気まぐれかは知らないけれど、せっかく雅義がする気になってくれたというのに、こういうところは男同士というのが本当に面倒臭い。

「このままじゃ、駄目？」

ずるりと中から指が引き出される。その感覚にさえ震えた陽翔のその部位に、雅義は自身の欲望を押しつけてきた。

「あ、だ……駄目っ」

「どうして？」

「……そこ、そういうのに使う、場所じゃない、から……」

尻の筋に沿って前後に揺らされ、今すぐに挿《い》れて欲しくなる。それをぐっと堪えて、陽翔は首を横に振った。

「後で、洗うよ？」

「ん、んっ……駄目、だって」

頑《かたく》なに否定すると、雅義も納得した様子で一度腰を放した。熱が消えたことで安堵の息を吐き出した陽翔のそこに、再び雅義のものが押し当てられる。

「これでいい？」

薄い膜に包まれた先端を押し付けてくる雅義の動きに、陽翔は目を細めて熱い息を吐く。訊かなくてもいいのに、わざと問い掛けて陽翔を更に煽ってくる。

「ん……い、い」

わざと熱っぽく呟いて、自ら腰をわずかに上げる。早く挿れてくれとばかりに尻に手を当ててそこを開いてみせると、雅義が唾を飲むのが判った。

感じてくれているのだと思うと、それだけで陽翔の身体は歓喜する。

「入れるよ」

そう宣言して、雅義の指がそこへと掛かる。下半身は高く掲げられたままだったから、そっと咥えさせた。

挿入は容易《たやす》いと思われた。しかし彼は丁寧に陽翔の襞《ひだ》を指で押し開き、自身の先端部分を
「あ、ぁ……」

ゆっくりと、陽翔に痛みを味わわせないようにと、そっと広げた皮で先端部分を包んでいく。無理に押し込めようとはせず、入り口の硬い肉が雅義の形に馴染むのを待っている。

「あ、雅義っ……い、から……もっと、して、いいからっ」

「こんな狭いとこ、無理に押しこんだら、辛い、だろ」

「だ、だいじょ、ぶ……だから！」

初めてだというのならまだしも、慣れた身体には焦《じ》らされているも同然だ。雅義自身も辛いはずなのに、彼は無理に動こうとはせず、陽翔の入り口で小さくそれを揺らす。まるで少しずつ突き上げて、孔《あな》をゆっくり開拓しようとするかのようだ。

「あ、やっ……お、おく、奥、にっ」

そんな場所ばかり愛撫されては物足りない。必死に訴える陽翔の声は届いているはずなのに、雅義は中々奥へ進めようとはしない。入り口部分が馴染むのを待って、ようやく更に奥へと進めていく。その感覚に陽翔の内壁は激しく脈動して、雅義を自ら誘おうとする。

自分の動きが恥ずかしくて、陽翔は目尻に涙を溜める。もっと滅茶苦茶にして欲しいのに、雅義は求めるものを与えてはくれない。

「や、だ……も、おねが、い……」

堪らなくなって、弱々しい懇願が陽翔の咽喉を突く。

「も、と奥、まで……ほし、い、から……ッ！」

早く、と自ら腰を揺らして雅義を誘う。この動きに雅義も限界を覚えたのか、両手を陽翔の腰へと当てた。

「……陽翔」

背中越しに低く囁かれるその声だけで、陽翔は達しそうになる。それを寸前で堪えた次の瞬間、雅義のものが一気に奥へと入り込んできた。

「ひ、あぁぁ……」

待ちに待った感覚に、陽翔は甘い悲鳴を上げる。待ちかねていた襞が雅義の欲望に我先にと絡みついていく。彼のものを抱き締め、絞り出すかのように動く内部に、陽翔は雅義の大きさを知る。

熱を孕み、限界まで勃起した肉に内部を占拠され、そのことが陽翔に安堵を覚えさせる。ずっと欲しくて堪らなかったものだ。雅義の欲望に貫かれ、彼のもので埋め尽くされて、身も心も、全てが囚われる日を陽翔は何度夢に見ただろう。そんな妄想が今ようやく現実のものとなった。

「あ、はっ、はぁ……ああっ」

一瞬の、わずかな時間だけであっても構わない。この時間だけでも、雅義は確かに陽翔のものだった。

（俺の、だ……）

　心の中で呟いて、陽翔は強くシーツを摑む。もっと雅義を感じたくて、力の抜けた腕を動かし、どうにか雅義の方に視線を向けた。

「あ、まさ、よし……」

　ずるりと引き抜かれる感覚に、更なる快感を覚える。溺《おぼ》れかける自身をどうにか引き留めて、左手を雅義の方へと伸ばした。

　抱きしめたいと思う気持ちは、雅義にも伝わったのだろう。彼は一度動きを止めると、陽翔の下から枕を抜いた。そうして足を抱え、身体を反転させる。

「ひゃ、あ……あぁ……」

　唐突な体位の変化に、結合部に力が籠る。雅義のものを強く締めつけてしまい、それが振動として伝わり、彼のものが一際大きく怒張した。

「あ、お、まえの……おっ、き、く……」

「それ以上、言うなって」

　照れた様子のぶっきらぼうな声が降り注ぐ。涙の湧いた瞼を開けると、目の前にばつの悪そうな表情があった。

「……まさ、よし」

「も、我慢出来ない、から……動くぞ」

　押し殺した声で告げられて、すでに限界が近いことを知る。我慢出来ない程に感じてくれていることが嬉しくて、陽翔は力の入らない両腕を伸ばし、雅義にしがみついた。

「ん、いい、から……好きに、して」

「そんなこと言って……」

「いい。好きに動いて、いいから」

痛みを伴ってもいい。激しく突き上げて、そうして身体の隅まで雅義を感じさせて欲しい。

そう訴える陽翔に応えるかのように、雅義は動きを早める。右手を陽翔の腰に当てて強く自身を押し込み、もう片方の手で脇腹から腹部を撫でて、行きついた欲望を強く握った。

「ん、んぁ、あっ……あぁ」

勃起したそこが、雅義の手に包まれて歓喜に震える。快感に内部の彼を強く締めつけてしまい、顔を伏せた雅義の口からくぐもった声が漏れる。恨みがましい視線を向けられて目を細めると、仕返しにと乳首を噛まれた。

「やっ、いた……あ、うぁっ」

痛みと痺れと、そしていいようのない快感に占拠され、何を口走っているのかさえ判らなくなる。内部に埋め込まれた雅義は、自らの快楽を求める最中、気まぐれに陽翔の悦い部分を擦る。そうされる度に、陽翔の欲望は先端から体液を流した。

とろとろと流れる液体を擦る音と、内部に使ったローションがぐちゅりと溶け出る音とで、室内の空気すらも濃密に濡らされていく。じわりと湧いた汗をそのままに、陽翔は雅義の頭にしがみつき、わずかに顔を上げて額にキスをした。

「はっ、ぁ……まさ、よしっ」

呼び掛けると、身を乗り出してキスをしてくれる。濃厚な口付けによって唾液の混じり合う音までもが加わった。

身も心も、全てが蕩け出してしまいそうで、陽翔は熱い吐息と共に唇を放す。そうして濡れた身体をシーツに投げ出し、腰の奥に意識を向けた。

「あ、あっ……す、き……」

怒張した雅義の熱を、形を、頭の中で思い描く。さっきまで陽翔の口の中に入っていたものだ。それがどんなものかはすでに知っている。

そうして彼を知っているという事実が、陽翔を更なる歓喜へと誘《いざな》った。

身体の奥が、強く雅義を締めつける。先端の部分が悦い場所に掛かり、そこを強く引っ掻かれて、陽翔の身体はすぐに限界を迎える。雅義を強く締めつけたまま、陽翔は二度目の頂点を迎えた。

「あっ、あ、……あぁっ！」

腰を揺らして体液を全て吐き出す。その動きに合わせて雅義の欲望が意地悪く刺激してくるから、達した後も内部に溜まった液体がとろりと流れ出てしまう。

「あ、ま、待っ……待って」

敏感になった襞が、雅義に擦られて悲鳴を上げた。痛みに近い感覚なのに、擦られる度に陽翔の前が反応を見せる。達したばかりのそこが再び芯を持ち始めるのに、陽翔は息苦しさを覚えた。

過ぎた快感が、苦痛に変わる。もう駄目だと必死に訴える陽翔の両手を握り、シーツの上に縫い付ける。膝を陽翔の腰の下に押し込んだかと思うと、全身で覆い被さってきた。

「あ……あ、……まさっ！」

呼び掛ける間もなく、上から突き下ろしてきた雅義の動きに、陽翔の内部は今まで以上に深く貫かれた。未開通だった部分までをも開かれ、その感覚に身体が震える。繋がった雅義の身体もまた同じように大きく震えたかと思うと、彼はぴたりと動きを止めた。

「……くっ」

小さく呻いて、身体の力を抜く。その動きに、雅義が達したことを知る。

意識して自分の中を感じてみると、薄いゴム越しに彼の体液が感じられるような気がした。

ずるりと抜け出る雅義に、陽翔は今度こそベッドに倒れ込む。もう指一本持ち上げるのすら困難なのに、それでも身体中が未だ彼を欲していた。

「陽翔？」

軽く始末をして、ベッドの端から陽翔を振り返る。一糸まとわぬ雅義の肉体を、もっと見ていたいと思う気持ちが湧いた。

（今日、だけだから……これ以上我《わ》が儘《まま》は、言わないから）

せめて今だけは、もう少しだけ傍にいて欲しい。その肉体に触れさせて欲しい。

祈る気持ちでそんなことを思い、陽翔はだるい腕を持ち上げる。指先を伸ばすと、雅義の手がそれを握り取ってくれた。

「なに、どうした？」

問い掛けに答えようとしたけれど、口を開いたところですぐに閉じてしまう。なんだか胸が痛くて咽喉が詰まって、言葉が上手く出て来ない。

「何か、言いたいんだろ？」

感情が迫り出してきて、上手く言葉が紡げない。そんな陽翔の様子を理解しているのか、雅義は苦笑混じりに身を寄せた。

「言いたいこと飲み込むの、陽翔の悪い癖だよ」

昔から一緒にいるから、癖も性格も、何もかも互いに良く知っている。友達とつるんでいるのも悪くはないけれど、本当は一人で本を読んでるのが好きなことも雅義は知っているし、そういう時は陽翔の邪魔をしないでいてくれる。

そして言いたいことがある時は、陽翔が言い出せるまでいつも根気強く待ってくれた。

「……も、すこし」

せり上がってくる涙を必死に堪えて、陽翔は小声で呟く。

「少し、でいいから……触らせ、て」

「……そんなの、触ったらいいじゃないか」

断りを入れる程のことではないと告げる雅義の方へと、陽翔はころりと寝返りを打つ。そうして両手を伸ばし、雅義の腰へと触れた。

「陽翔……」

「まさよし、だ」

脇腹から臍《へそ》の辺りを撫で、そうしてゆっくりと上へと辿る。もっとしっかりと触れたくて、彼の方へ身を寄せると、雅義も陽翔の方へと近付いてきた。

「大胆だね、おまえ」

「今だけ、だから……もっと、触らせて」

懇願して、更に手を伸ばす。けれど疲れた身体では限界があって、鳩尾辺りまでしか触れられない。

「んっ……あ！」

伸ばしたその手を引かれ、身体が前へと傾ぐ。驚きに目を見張った陽翔の目の前に、雅義の顔があった。

優しく微笑まれて、胸の奥が軋みを上げる。幸せに痛む胸を堪えて、陽翔は雅義の手によって取られた自分の掌に目を向けた。

「いいよ、触って」

そう告げて、未だベッドに倒れたままの陽翔へと自ら身を寄せ、胸元から鎖骨、そして首筋へと手を導いた。掌が雅義の、汗に湿った肌の上を辿る度、陽翔は言いようのない感覚を覚えた。

　気持ち良くて、幸せで、上手く思考が紡げない。もっと触れたくて、身体中で触れたくて、彼の肩に手を当てると、陽翔はだるい身体をゆっくりと起こした。

「……大丈夫か？」

　陽翔の動きを、雅義の腕が助けてくれる。起き上がったところで抱き締められて、陽翔も素直に抱きついた。

「まさよし……雅義」

　彼の名を何度も呼び、肩から肩甲骨、そして背筋を辿って脇腹や腹部、腰骨のでっぱりを辿り、太股までを何度も擦る。指先や掌に雅義の全てを覚え込ませようと、絶対に忘れることがないようにと、陽翔は必死だった。

　手で触れ、身体を擦り寄せ、そうして首筋に齧りつく。耳の下の辺りが一番、雅義の匂いが感じ取れる気がして、全てを吸い尽くすかのように鼻先を擦りつけた。

「ちょ、と……陽翔っ」

「あ、やだっ……」

　足りないと訴える陽翔を両手で剥がし、雅義は大きく息を吐く。上目使いに見つめる瞳に怒りが宿っているのに気付き、慌てて視線を落とす。さすがにやりすぎただろうかと反省する陽翔の身体を、何故か雅義は強く抱き締めてきた。

「雅義、なに？」

「なに、じゃないだろ。……煽るなよ」

「あ、煽るって……」

何を言われているか判らず、首を傾げる陽翔の耳元で、再び雅義が息を吐く。長く吐き出されるそれが普段よりも熱く感じられて、わずかに目を細めた。

「まさか、雅義……」

感じているのだろうか。そう考えて、抱きしめられたまま手を動かす。彼の太股に添えていた手をゆるりと動かし、中心部分に触れてみる。

「っつ……触るなって」

そこははっきりと熱を持ち、すでに頭を持ち上げていた。はっきりと勃起したその形に、陽翔は大きく目を開く。

「雅義……感じてる？」

「そりゃあ……あれだけ触られたら？」

「感じてるんだ……」

するりと、意図を持って雅義のものを撫でる。その感覚に手の中の欲望が更に硬くなったのが判った。もっと感じて欲しくて、そこを握り締めた陽翔に、雅義が慌てて顔を上げた。

「馬鹿、やめろって」

「なんで？　いいから、もっと感じて」

「だから……」

言いかけた言葉を途切れさせ、雅義はふるりと身体を震わせる。次の瞬間、陽翔の身体を押し倒した。

乗り上げる雅義の瞳には、凶暴な色が見て取れる。普段は優しさだけを陽翔に見せる眼差しに、明らかな情欲が揺らめいていた。

嬉しい、と陽翔は声にならないままに呟く。彼が自分でこんなになることが、陽翔にとっては何よりも嬉しい。もっと感じて欲しくて、するりと彼の肩に手を這わせた。

「雅義……」

何度してくれても構わない。いっそのこと、この身体が壊れて、使い物にならないぐらいにしてくれたらいい。そうしたら、もう二度と雅義以外を求めないで済む。

そんな想いのままに抱き締める陽翔の腰に、雅義は黙って腕を回した。しかしそこで動きを止めて、戸惑いがちに呟いた。

「……ゴムなしじゃ、駄目なんだっけ？」

「え、あ……」

隔たりなく繋がりたいと、そういう意味を籠めて呟かれた言葉に、陽翔は頬を朱に染める。

「だって、それは……」

「シャワー浴びたらいいのか」

言うが早いか、雅義が陽翔の身体を抱き上げてくる。腰と太股に手を添えて、子供を抱くような仕草で抱えてしまった。

「ちょ、ちょっと、おいっ！」

身長はほとんど変わらないのに、陽翔よりも骨太で肩幅や腰回りもがっしりとしているからか、動きに躊躇はなかった。それよりもいとも簡単に抱き上げられる自身が何とも恥ずかしくて、陽翔は雅義の肩に顔を埋める。

「も……なに、するんだよ」

浴室に向かい、タイルの上に下ろされて陽翔は溜息混じりに文句を言う。それに苦笑を漏らすものの、雅義は何も言わずに浴室のドアを閉めた。

「……おい」

出て行く素振りを見せない雅義に、陽翔は不穏なものを覚える。陽翔を無視したまま、雅義はシャワーから湯を出し、陽翔の身体に掛け始めた。

「ここ、乾いてくっついてる」

顎に飛んだ体液を、彼の指が擦り取る。そんな仕草にわずかに身体を震わせて、陽翔は後ろへとそっと下がった。

「あ、の……雅義、さ」

「駄目だよ。こっちにきて……でないと、洗えないだろ」

彼の動きにまさかとは思ったものの、雅義は本気で陽翔が身体を洗うのを手伝うつもりらしい。彼の意図を理解して、陽翔は更に逃げようと後ろに下がる。

しかし狭い浴室内では、すぐに壁へと追い詰められてしまった。

「洗わないと駄目って言ったの、陽翔だろ？」

「じ、自分で洗う……洗うから、おまえは出てって！」

「別に、今更だろ？」

「い、今更じゃないっ！　た、頼むから……頼むからっ」

確かに、今更だと言われればその通りだ。けれど好きな人に、行為以外でそんな場所を弄られるのは耐えられない。そして何よりも、雅義が性的にはノーマルだという事実があるからこそ、必要以上に触れられたくはなかった。

(だって、嫌われたく、ない)

冷静な時に男のそんな部位を見て、雅義が悦ぶはずがない。冷めたとばかりに呆れた表情を向けられるのではという恐怖が、陽翔の中を占拠していく。

お願いだからと訴えて、そこに座り込んだ陽翔の様子に、雅義もさすがに強引には出られなくなる。仕方がないなと呟いて、陽翔を立たせると自分は先に浴室を出た。

「あっちで待ってるから」

「う、ん……ごめん」

陽翔を気遣って声を掛けてくれる雅義に、涙が出そうになる。待っていてくれるのだと思うと、胸の奥がじわりと熱くなり、陽翔は逸《はや》る気持ちのままに急いで身体を洗った。

備え付けのバスローブに袖を通して再び部屋へ戻ると、雅義はベッドの上から視線を向けてくる。暇つぶしに携帯を弄っていたらしく、それをサイドボードに置いて、陽翔の方へと向き直った。

「終わった?」

「あ、うん……」

視線をさ迷わせて頷く陽翔に、雅義は微笑みを浮かべる。相変わらず穏やかなその表情に目を細め、陽翔は彼の前に立つと、肩に手を当てた。

「なに、まだ触りたい?」

待っている間に下履きだけを履いていた雅義の、むき出しの肩に触れる。何度触れても足りなくて、もっと触れたくなってくる。急ぐ気持ちを堪えて、陽翔はそこに顔を伏せた。肩口を軽く噛み、付いた痕に舌を這わす。そうして鎖骨までを舐め擦る陽翔の頭を、雅義が押し留めた。

「俺にもさせて」

「やだ。……俺がしたい」

「はーるーとっ」

もっと触れたいからと駄々をこねる陽翔に、雅義は軽く頬を叩く。そうして顎を上げさせると、唇に触れるだけのキスをした。

「陽翔、なんか焦ってる?」

羞恥に頬を赤く染め、それでも自ら雅義に触れようとする陽翔に問い掛ける。わずかに目を見張るものの、陽翔はすぐに首を振り、雅義の身体に抱きついた。

「陽翔？」

「だって、雅義、だろ……だからだよ」

「意味、判んないんだけど」

「いいんだよ。判んなくて」

そう囁いて目の前のうなじに唇を押し付ける。強く吸い上げると、雅義の身体がぴくりと動くのが楽しい。

もっと触れたくて再び手で弄り始めると、その手をすぐに雅義によって取られる。そうしてベッドに押し倒されるから、陽翔は目を細めて批難の眼差しを向ける。

「もうちょっと触らしてくれても……」

「駄目。俺がする」

「男、駄目なくせに」

「だから、撤回するって言っただろ」

他愛ない言い合いを重ね、その先で雅義が軽く笑う。その表情に釣られて陽翔も笑い、同時に湧いた切なさに表情を崩した。

「陽翔……」

「ん、いいよ。……雅義の好きに触って」

強情を張ってみたけれど、本当はどちらでも良かった。これで最後かもしれないという切なさに駆られ、触れるだけ触れたいと思う気持ちも、雅義の大きな掌に、唇に、触れて欲しいと願う想いも、どちらも本当だ。

陽翔は目を細めて愛しげに雅義を見る。唇を薄く開き、声にならない声で「触れて」ともう一度囁いた。

「おまえ……ほんと、反則」

何が、と問い返すより先に、雅義は陽翔の首筋に唇を寄せた。薄い皮膚を吸い、痕を残して舌で舐める。そうして鎖骨の上や肩、そして肋骨の上にもキスの痕を付けていった。

「んっ、なぁ……まさ、よし」

両手で胸を擦り、その上にもキスマークを付けていく相手に、陽翔が囁きかける。

「それ……もっと、強く、付けて」

「なに？」

「だから、キス……」

陽翔からも見られる場所に、印が欲しかった。雅義が確かに自分の肌に触れたという証。出来るだけ強く、一日でも長く残るように付けて欲しい。

そんな陽翔の頼みをどう受け取ったのか、雅義は今し方付けたそこに再び唇を重ねると、さっきよりも強く皮膚に吸い付いた。薄い皮を引かれる痛みに、陽翔はうっとりと笑みを浮かべる。

「ん……ありがと」

乳首の斜め下に付いた印を、視線を向けて確かめる。他の場所よりも赤く色づいたそれを見て、陽翔は身体から力を抜いた。

嬉しさに、泣きたくなってくる。雅義が自分を求めてくれている。こんな奇跡が起こること自体、考えもしなかった。

陽翔の様子を不思議そうに見つめるものの、雅義は何も言わず再び陽翔に触れてきた。まだ赤味が消えていない胸の突起を弄り、口に含んで吸い上げる。両方を丁寧に愛撫した先で、口付けを更に下へと移動させた。

「あ、雅義……ふ、ぁ」

肋骨の終わりを唇が辿り、手が陽翔の欲望を掴む。もう片方の手で太股を押し広げ、そうして顕わになったそこへと唇を向かわせた。

「雅義……?」

臍の下を辿る感覚に、不穏なものを覚える。身を起こそうとしたところで下腹部の際どい部分を強く吸われ、陽翔はわずかに顔を顰める。

何を、と思って視線を向けた陽翔の視界に、今まさに陽翔のものを咥えようとしている雅義の姿が映り込んだ。

「ま、雅義っ！」

慌てて手を伸ばし、雅義の髪を引く。それに雅義は顔を顰めて一度口を閉じると、陽翔を睨みつけてきた。

「そ、そんなことしなくていいからっ！」

「さっき、俺にはしてくれたのに？」

「だ、から……俺は、いいんだって！」

雅義の唇で愛撫なんてされたら、きっと頭がどうにかなってしまう。必死に止めて、その間に膝を閉じようとした陽翔の動きにむっと表情を曇らせたかと思うと、雅義は強引に陽翔のものを口中へと含んでしまった。

「ひっ……あ！」

そのまま強く吸い上げられて、視覚的なものと感覚とに、陽翔の身体に電流が走る。強い刺激にくらりと眩暈《めまい》さえ覚え、シーツの上へと倒れ込んだ。

「やっ、や、だ……まさよ、し、そんな、のっ」

「んなの、さ……」

「ひゃっ……しゃ、しゃべんない、で……」

彼の口で愛撫されていると思うだけで、羞恥と混乱に陽翔の身体は揺さぶられる。痛いほど感じ入り、それでも足りずに身体の奥がドクドクと鳴り響く。まるでマグマが体内から湧き出るかのような感覚に、陽翔の意識は追い付かない。

「やっ、やぁ、あっ、ああ……あ、も、もぉ……」

何を口走っているかも判らなくなり、閉じられなくなった口からは喘ぎと共に唾液を垂らす。生理的な涙が目元を濡らし、汗がじわりと額に湧いた。

気持ち良いのと信じられない思いとの狭間で、感じているのかどうかさえ判らなくなる。けれど身体の中は陶酔感に苛まれ、指先ひとつ、上手く動かすことが出来ないでいる。

四肢を強張らせ、雅義の頭を膝で挟み込む。それでも堪らず、指先がシーツを摑んで強く引く。今にもイきそうなのに、二度も達したせいかなかなか終わりが見えない。何度も身体を震わせて、そうする度にとろりと体液は滲むのに、確かな射精感は得られなかった。

「も、もう、も……くる、し……」

どうでもいい、何でもいいからイかせてくれと、弱音を吐いた陽翔の声に応えて、雅義が先端部分に歯を当てた。ぴくりと身体を震わせた次の瞬間、雅義はそこを再び吸い上げた。

「あっ、あ、あっ、あぁっ！」

小刻みに声を漏らし、這い上がってくる快感に咽喉を仰《の》け反《ぞ》らせる。頭上に伸ばした指先がシーツを必死に摑み、そうして陽翔は三度目の頂点に上り詰めた。

薄くなった体液がわずかに零れ落ちただけだったものの、達したことに陽翔は安堵の息を吐く。苦しかった身体が心地よさに包まれていく。

「陽翔、まだ寝るなよ」

うっとりと目を閉じた陽翔に、雅義の声が届く。慌てて目を開くものの、身体に纏《まと》わり付く倦怠感は気持ち良くて、今にも眠ってしまいそうだった。

「……眠い？」

含み笑いと共に、雅義が問う。これに陽翔は慌てて首を横に振った。

「だ、大丈夫……大丈夫だから」

そう告げて身体を起こす。雅義の唇に口付けをして、半ば乗り上げるようにして身体を預けていった。

「……陽翔？」

「ん、やっぱりもう少し、触らせて」

このまま触れられ続けたら、恐らく意識を飛ばしてしまうからと、陽翔は自ら雅義の腰に乗り上げる。わずかに傾いだ雅義の鎖骨にキスを落とし、さらに彼のものを手の中に掴んだ。

手にした欲望は、すでに硬く反応していた。立派にそそり立つその感触に、陽翔は熱い息を吐く。

「おい、陽翔……」

戸惑いがちに問い掛ける声を無視して、陽翔は出してあったローションを手に取ると雅義のそれに塗りつける。根元まで十分に濡れたことを確かめてから、自ら腰を浮かした。

視線だけで雅義に問い掛ける。彼が何かを諦めた様子で息を吐くから、それを確かめてから陽翔はそこに腰を下ろした。

「……クッ」

「ん、んんっ……お、きい」

限界近くまで膨張した雅義のものは、陽翔のそこには大きすぎる。それでも一度挿入したことと十分に解したこともあって、どうにか受け入れることが出来た。

内部深く入り込むそれは、さっきよりも生々しい感覚を陽翔に伝えてくる。隔てるものが何もない状態で、とろりと先端から溢れるものの感覚さえ判る気がした。

「はっ、ぁ……うっ、ん」

後ろに肘を付いて、上体を半ば起こしている雅義の肩へと手を当てる。身体を支えて、陽翔は腰と膝を使って内部のものを出し入れし始めた。ぬるぬるとしたローションの滑りを利用して、ゆっくりと腰を引き、再び欲望を咥え込む。

「ふ、ふ、ぁ……あ、ん、んんっ」

「ん、陽翔……平気？」

「う、ん……」

腰に手を当てて支えるだけで、後は好きにさせてくれる雅義に、陽翔は動きを早めようとする。しかし雅義のものに貫かれている現実と、目の前に見える彼の表情、そして腰に触れた手の感触に、感情が先走ってしまって上手く力が入らない。他の人とする時にはこんなことはないのにと、歯痒く思う反面、雅義だから仕方がないと諦めの心地もあった。

それでも少しでも悦くなって貰いたくて、出来るだけ内壁で彼を締めつけ、上下に扱いていく。しかしその度に、言いようのない快感が陽翔を苛むから、脚に力が入らなくなる。

先端部分を残して彼のものを抜いた瞬間、陽翔の膝ががくりと折れた。

「ひっ、あっ、あぁっ！」

「つっ……く、ぁ……だ、いじょうぶ、かっ」

根元までを一気に咥え込むことになり、衝撃に身体を二つに折り曲げる。両手を雅義の胸元に付き、そこに倒れ込んだ陽翔の背に、雅義が腕を回して抱き締めた。

彼自身も衝撃はあったはずだ。それなのに先に陽翔を気遣い、優しく背中を撫でてくれる。その感触に目を細めて、陽翔はゆっくりと息を吐き出した。

「ん、んぅ……へ、いき……」

「平気じゃないだろ。腰、震えてる」

「ほん、とに……平気、だって」

身体が震えていて、まだ力が戻らない。どうにもならずに雅義に身を預けていると、不意に身体が浮いた。陽翔の腰を抱いたまま上体を起こし、見上げる形で顔を覗き込んでくる。その精悍な顔立ちにうっとりと見惚《みと》れていると、掬い上げるようにキスをされた。

「んっ、ん、ん……ふ、ぁ」

舌と舌とを絡ませて唾液を啜る。甘く痺れる口付けに目を閉じると、雅義はそれを見越して唇を顎へと移動させた。

かり、とそこの骨を噛み、そのまま喉元《のど》を舐める。そうして陽翔に優しく囁きかけてきた。

「俺にしっかり摑まって」

「ん、んぅ？」

「いいから。ちゃんと、腕を回して……」

言われるままに雅義にしがみつくと、それを待ってから雅義は陽翔の腰をしっかり摑む。更に片方の膝を腕へと掛けると、陽翔の腰をわずかに浮かせた。

「あ、雅義……んぁっ！」

戸惑いに声を上げる陽翔のそこに、雅義の杭《くい》が埋め込まれる。下から突き上げられて、震える指先を背中に食い込ませた。

「ん、そう、ちゃんと……摑まって」

「あっ、あ、はっ……あ、や、つよ……んんっ！」

座ったままの性交は、触れる面積が広いせいか互いの熱がダイレクトに伝わる。まるで雅義に余すところなく抱き込まれているようで、陽翔の感情を更に煽っていく。

さすがにもう反応は見せないだろうと思っていた欲望が兆しを見せ、痺れる快感に身体が震える。二人の間で擦られて、陽翔のそこは更に膨張していった。

「やっ、は、や……くる、しっ……」

とはいえすでに出すものは残っておらず、先走りすらも出ない。その状態で内部の弱い部分を強く抉られて、陽翔は悲鳴じみた声を出す。

呼吸すら苦しいのに、身体の芯は快感を覚えてばかりで堪らない。更に勃起した欲望を雅義の腹で擦られて、そこに痛みすらも覚える。

「ふ、は、はっ……あ、ぁ……」

じんじんと痺れる痛みに身体を震わせて、陽翔は内部の雅義を締めつける。その動きに彼のものが一段と大きくなるのが判り、陽翔は雅義の肩に顔を埋めた。

「んっ、ん、んんっ、んぅ……」

苦しくて辛くて、それ以上に気持ち良くて頭がおかしくなりそうだった。目の前の肩を噛んで耐えようとするものの、快感を逃すことは出来ない。苦しいのだと訴える陽翔の身体を、雅義の腕がシーツへと落とした。

「あ、も、もう……もう、雅義っ！」

助けを求めて呻く陽翔に、雅義は笑みを浮かべる。彼自身もすでに余裕はないのか、涙に霞《かす》む視界に歪んだ笑みを認め、陽翔はさらに快感を募らせた。

自らの膝裏に手を入れて、そこを押し広げる。結合部が顕わになり、動きやすくなったのか雅義が更に動きを加速させる。緩急を付けて内部を擦り、陽翔の欲望を手の中で揉み込んだ。

「ひぁっ、あ……あ、あーっ！」

衝撃が、身体の中心部を突き抜ける。身体の奥深くを鷲掴《わしづか》みにされた気がして、脳裏に火花が散った。

四肢を突っぱねて達した先で、陽翔はまたもシーツに沈みこむ。何が起こったのかさえ判らず、ただ身体中が甘い痺れに占拠され、指先ひとつ動かすことが出来なかった。

「陽翔、陽翔！」

頬を叩かれて、ようやく視点が定まる。目の前にある雅義の瞳を見返して、陽翔はほっと息を吐いた。

「あ、まさ、よし……」

「ごめん、無理、させた」

ばつの悪い様子で見つめる雅義に、陽翔はうっとりと目を細める。身体は隅々まで疲弊していて、すぐには起き上がれそうにない。無理をしたという自覚は陽翔にもあるけれど、それは雅義のせいばかりではない。

(俺が、そうしたかったから)

彼に触れて欲しくて、自ら触れたくて、そうして求めた結果だと陽翔自身も判っている。

すまなさそうに目を伏せる雅義に、陽翔はにこりと笑ってみせた。

「気持ち、良かった?」

「え……」

「雅義は、ちゃんとイけたか?」

ようやく整った息の下、擦れた声で問い掛ける陽翔に、雅義はわずかに目を見張る。次いで口元を手で覆い、頬を赤らめてみせるから、今度は陽翔が驚いた。

「……ごめん」

小さく、雅義が謝罪する。どうして、と思って見つめる陽翔に、彼は心底ばつが悪い様子で続けた。

「中に、出した……から」

「え、ああ……」

「悪い。我慢しようとしたんだけど、その……」

そう言われて、陽翔は自身の身体の奥へと意識を向ける。身体のどこもかしこもが疲れていたからすぐには判らなかったけれど、奥に濡れた感触が感じられる気がした。

ふと、口元に笑みが戻る。未だ震える指先を自身の下腹部に添え、そうして陽翔は笑みを深めた。

「ん……うん、いい」

「陽翔……」

「いい、から……大丈夫、だから」

気にするなと呟くと、目尻から涙が一筋、溢れ出た。体内に彼のものを受け止められたことが嬉しくて、彼に抱かれたという事実がそこにある気がして、陽翔は堪らず零した涙をシーツで隠した。

「……陽翔、おまえ」

「悪い、んだけど、ちょっと寝て、いい？」

今まで感じたことのない快楽に翻弄《ほんろう》されて、余力は残っていなかった。もう少し起きて、雅義に寄り添っていたいと思うのだけれど、それも今は無理だった。

いいよ、と囁く雅義の声を聞き、シーツの上を弄ったその手を握り取られて、陽翔はようやく眠りへと落ちていった。


目が覚めたのは、まだ夜も明けきらない頃だった。

薄闇の中、最初に見えたのは雅義の寝顔だった。太い腕が陽翔の身体に巻き付き、しっかりと抱き締めている。心地よい温もりと彼の匂いに抱かれている状況に、陽翔はほっと息を吐いた。

気持ち良いのか、雅義の表情は穏やかだ。唇を薄く開け、規則正しい寝息が聞こえる。出来ることなら、この寝息をずっと聞いていたい。湧きかけたそんな願いを胸の奥にしまい込み、陽翔は彼の下から身を起こした。

「ん……なに……」

密着しているせいで、動いた陽翔に雅義が声を出す。起きただろうかと思っているうちに眉根に皺《しわ》が寄るから、慌ててその上に手をかざした。

「……はる、と？」

「まだ夜だから、寝てろよ」

他の誰かと間違えることなく、自分の名を呼ばれたことに陽翔はかすかな喜びを覚える。ここで女の子の名前でも口にされたら、この幸せな気持ちもきっと砕けていただろう。

（その方が、良かったかもしれない、けど）

せっかくこんな幸せな夢の中にいるのだから、せめてもう少しだけ、現実を忘れていたかった。

そんなことを考えて、陽翔は彼の目元から手を放す。しかし雅義の意識は戻ってしまったらしく、薄く瞼が開かれる。暗い中で、何度も瞬《まばた》きをして陽翔の方に目を向けた。

「おまえ、もう起きるの？」

「違う。ちょっと、シャワー浴びてくるだけ」

「……後で、よくない？」

「あのまま寝ちゃっただろ。……色々あるんだよ」

小さな声で告げてやると、雅義は納得のいかない表情で、それでも頷いた。

「まだ寝てろって。シャワー浴びたら、すぐ戻るから」

「……ん、」

未だ眠気を纏った様子だったから、陽翔が起き上がると雅義はごろりと寝返りを打った。そうして向こう側を向いてしまった背中を名残惜しげに見つめ、陽翔はようやく浴室へと入っていった。

一通りシャワーを浴びて、中の処理をする。彼のものを掻きだす時にもったいなくて堪らなかったけれど、そのままにしておくことは出来ない。仕方がないと自分に言い聞かせて全てを出し終えた時には、涙が頰を伝っていた。

あんなことをした後でさえ、永遠にひとつにはなれないのだという想いが陽翔の胸をつく。それが虚《むな》しさへと変化した頃、陽翔はシャツに袖を通し、部屋の方へと戻ってきた。

雅義はすでに眠っているようで、耳を済ますと寝息が聞こえてくる。その音を離れた場所からしばらく聞いていた陽翔は、不意に首を横に振った。

踵を返し、ドアを開けて廊下に出る。薄いフードを頭にかぶり、エレベータで一階に下りて、建物の外へと出た。

外はまだ暗く、目を凝らせば星すらも見えそうだ。しかしそれを眺める気にはなれなくて、陽翔は道路に沿って坂道を下っていく。まだ四時を過ぎたばかりで、さすがにこの時間は空気が冷えて肌寒い。もう夏も間近なのにと、そんなことを考えた。

ぼんやりと歩いていると、何も考えなくて済む。携帯の地図を頼りに近くの駅についた頃には、東の空も明るくなっていた。

始発までは少し時間があり、駅の構内で座って待つ。途中で買った珈琲の缶が手の中で熱を失っていくのを感じていると、ふと胸の内に感情が迫ってくるのを感じた。

嫌だな、と陽翔は思う。どうせ家に戻ったら泣いてしまうのだから、せめて今だけは何も感じたくはないし、考えたくもない。それでもただ座っているだけという状況が、陽翔に昨夜のことを思い起こさせる。

雅義の肌の匂いや汗の感触、大きな掌が触れる時の、言いようのない幸福感。押し倒されて、今まで以上に男臭さを感じて、翻弄されて感じまくった。今までにないほどの快感だったと、思い出すだけで身体の奥に濡れた感触が甦る。

（雅義……）

身体だけではなく、心までもが雅義を思い出し、そして求める。いつも落ち着いていて、陽翔のことを一番に考えてくれている。恋人と付き合っている時でさえ、陽翔との時間を優先させてくれていた。

（そんなだから、長続きしないんだよ）

男らしくかっこよくて、人気がある癖にどんな女の子とも長続きしないのは、恋愛よりも友情を優先してしまうからだ。幼い頃からのしがらみで、彼は結局いつも陽翔を最優先に考えてしまう。そこに陽翔に捨てられたくないという、子供じみた恐怖が存在したからだ。

幼い頃から親に放置され続け、同じ歳の陽翔を家族という位置に据え置いた。絶対的な信頼を寄せ、まるで本当の兄弟だった。陽翔もまた、そんな雅義を大切に想っていた。

（雅義が普通の家庭に育ってたら、こんなことにはならなかっただろうな）

無理をしてまで恋人になろうなんて、少なくとも言い出さなかったはずだ。

そこまで考えて、陽翔は溜息を吐く。疲労感とは違う重みを手足に感じて、深く項垂れた。

無理を、させたと思う。

彼が陽翔相手にその気になったのは、そもそも陽翔を『恋人』として扱おうとしたその行為のせいだ。普通の恋人として、女の子みたいに扱った。普通なら行くだろうデートコースを一通り済ませ、互いにその気になってホテルへ向かう。

ごく普通の、男女の付き合いがそこにはあった。

(馬鹿だな。……そこまでして、俺に付き合ってなんかくれて)

けれどお陰で、忘れられない思い出が出来た。

これから先、他の誰かと付き合うことになっても、昨夜のことは一生忘れない。ずっと心に抱いて持ち続ける、大切な宝物だ。

(もう、会うこともないだろうけど……)

ちくりと湧いた痛みを、目を閉じてやり過ごす。そんな陽翔の耳に、電車のサイレンが届けられた。景気良く鳴り響くその音と共に、陽翔の携帯が鳴り響く。こんな時間に電話をしてくる相手など、陽翔にはいない。

画面に表示されるその名前をしばらく見つめ、陽翔は黙って電源を切った。

そうして目の前に停車した始発電車へと乗り込んだ。

自宅に帰るとすぐに、陽翔はベッドに倒れ込む。さっきまでは気が張っていたからどうにか耐えられた疲労感が、家に着くと同時にどっと押し寄せてきた。

ただでさえセックスの後は疲れるのに、あんなに激しい交わりは陽翔にとっても初めてだった。雅義が相手というだけで、あれだけ感じ入って乱れたというのに、一度では満足出来なかった。最後だからと何度も心の中で言い訳して、自ら雅義に触れた。

「……さすがに、無理だっての」

無茶は承知だったとはいえ、許容範囲を越えた疲労は陽翔の身体から去ってはくれない。ベッドに横たわり、ごろごろと何度も寝返りを打つものの、疲れすぎているのと、そして何よりも神経が敏感になりすぎていて眠りはなかなか訪れなかった。

それでも軽く眠って目が覚めた時には夕方で、無精でベッド脇に置いていたペットボトルのお茶を飲む。そうして浅く息を吐き、ふと携帯に目を向けた。

朝に切ってから電源を一度も入れていない。このままずっと無視し続けるわけにもいかないからと、ようやく電源を入れた。

「わっ！」

同時に音が鳴り響き、慌てて音を消す。手の中でぶるぶると震えるそれは止まらず、陽翔はどうして良いのかが判らなくなった。

（出ちゃ、だめだ）

雅義の声を聞いてしまったら、決意が鈍ってしまう。何よりも昨夜の匂いさえも色濃い今の状態では、彼の言葉を絶対に無視できない。

ぐっと堪えて、陽翔は電話が切れるのを待つ。一、二とコールを数えて、ようやく終わったそれに、肩の力を抜いた。

ほっと安堵の息を吐き、再び悩み始める。このまま中途半端にしていたら、雅義のことだからきっとまたここまで来てしまう。そうならないために先手を打つべきだと心を決め、陽翔はメールの画面を開いた。

(言わないと『恋人として付き合えない』って、ちゃんと伝えるんだ)

指先が震えて、力が入らない。ほんの二行打つことさえ辛くて、陽翔は途中で携帯を投げ出した。再びベッドに転がり、今ではすっかり見慣れてしまった自室の天井を、ぼんやりと眺めた。

雅義を、今の状態から解放してやりたいと思う。恋人なんて最初から無理だったんだと笑って告げて、前みたいに友達に戻ろうと伝える。すぐには思い切れなくても、今の陽翔には思い出がある。何もなかった頃よりは、きっと楽なはずだ。

(諦めよう。今度こそ、本当に)

一晩だけでも、恋人になれた。その思い出だけで十分だと心の中で呟いて、陽翔は再び携帯を持ち直す。今度こそ全ての文を打ち込み、送信ボタンを押そうとしたその時だ。

再びバイブの作動した携帯に驚いて、思わずそれをベッドに落とす。拾おうとして慌てたせいで、弾みで通話が繫がってしまった。

『陽翔？』

低く沈んだ声が届けられる。驚きに目を見張り、慌てて視線をさ迷わすものの、今更切るわけにはいかない。

「ご、ごめん。……なに？」

『なにって……おまえ、それ、俺の台詞《せりふ》だろ』

盛大な溜息と共に雅義が告げる。そう言われて初めて、陽翔は自分の発言がやけに場違いなことに気付いた。

「あ、えと……」

そうだった。雅義が目を覚ます前に、自分はあの場所から逃げて帰ってきたのだ。

本当は目が覚めるまで一緒にいたかったけれど、離れ難くなることが判っていたし、冷静になった雅義に嫌悪の籠った視線を向けられるのではないかと思ってしまうと、それが何より怖かった。

（そんなことしないって、判ってるけど……）

雅義はそんな人ではない。判っていても、それでも怖いものは怖い。

『……まぁいいよ。今、ちょうど着いたから』

「え、ついたって……」

『話は、中で聞く』

言うが早いか、玄関先で呼び出し音が鳴る。まさか、と思って手元とドアとを見比べて、恐る恐るベッドから降りた。

　そうして立て続けに鳴る呼び出しに、陽翔は慌てて玄関先まで行く。それに合わせて、携帯から雅義の声が届いた。

『家にいるんだろ。開けろよ』

「……雅義」

『俺、今けっこう怒ってるから、余裕ないんだ』

　確かに声は低く、怒っているのは良く判る。しかし実際に言葉にして言われると、陽翔の中に焦りが生じる。

　今朝のことについては陽翔が悪い。どうしても離れなければならない理由があるなら、書き置きなり何なりしておくべきだ。それが判っているから、どうにも強く出られない。

　ドアを前にして立ち尽くした陽翔の耳に、雅義の声が届く。電話越しのものと、そしてドア越しのものだ。二重に聞こえるその声に、陽翔の意識は更に追い詰められていく。

『陽翔、ドア、開けて』

　どん、とドアを叩く。

「駄目、だ……今は、駄目」

『どうしてだよ。理由を言えって……』

　余裕がないと言うだけあって、口調が普段よりも乱暴になる。

『陽翔、とにかく中に……』

「わ、別れよう！」

気付いた時には、携帯を握りしめて必死に訴えていた。

「別れよ。な、これ以上は無理だからっ」

『陽翔……』

「最初から無理だったんだって。やっぱり友達……だしっ」

訴える陽翔の言葉の向こう側で、雅義は沈黙する。いつの間にかドアを叩く音も呼び出し音も聞こえず、辺りは静まり返っていた。

「だから……」

『陽翔、そのまま黙って聞いてくれ』

穏やかな声が、陽翔の耳を打つ。さっきまで感じていた怒りの感情も何もない、静かな声だった。

こくりと息を飲み、陽翔は口を噤む。それを待ってから、雅義は再び口を開いた。

『俺は、陽翔のこと、良く判ってるつもりだった。でも、告白された時に、判ってなかったんだなって反省したんだ。……おまえのことずっと見てきたつもりで、判ってるつもりで、全然判ってなかったって』

「それは……」

『だから、時間を置こうって言われた時、俺は反対しなかった。陽翔のこと判ってなかったから仕方がないって。……でも、再会してすぐに後悔した。やっぱり離れちゃいけなかったんだって……どんなに頼まれても、おまえに泣かれても、絶対に手を放しちゃいけないんだって、判ったから、だから……』

雅義の独白に、陽翔は目を細める。いつの間にか素足で玄関先に降りていた。冷えたコンクリートの感触を足の裏に感じたまま、陽翔は小さく呟く。

「でも、無理だよ……」

「なんで？」

「もうこれ以上、おまえに無理をさせたくない」

耳に当てていた携帯を下ろし、ドアの向こうに直接話しかけていた。それに答える声もまた、ドア越しに聞こえてくる。

「無理なんか……」

「俺のこと、恋人として扱おうとしてくれただろ。……そんなの、最初から無理なのに」

少なくとも雅義は、陽翔のことを友達以上には見ていない。それでもなお、恋人として付き合おうと努力して、無理をしていた。

「雅義、もともと恋愛とか、嫌だって言ってたし。それなのに無理して付き合わせて、悪かったって思ってる」

こんな関係が長く続くはずがないと判っていたことなのに、何故彼の申し出を受け入れてしまったのか。そのことを思うと情けなくもあったけれど、お陰で最後の思い出を手に入れることが出来た。

「もういいよ、雅義。無理、することないから」

「……仕方ないだろ。おまえは友達だったんだし、急に恋人って思っても、どうやったらいいかなんて、俺には判らないんだ」

陽翔の言葉に、雅義が訴える。こん、と音がドア越しに響き、陽翔は顔を上げた。

「付き合うにしたって、男同士のことなんて、俺には判らないんだよ……」

「うん、そうだよな」

「だから、ぎこちなくなっても、仕方ないだろ？」

「うん。……え？」

「友達でも恋人でも、俺にとっての陽翔は、陽翔でしかないんだよ。俺は小さい頃からずっと、陽翔だけを見て、陽翔だけが大切で……そうやってきたんだから、今更おまえに対する扱い方なんて、すぐに変えられないんだって！」

どん、と目の前のドアが叩かれた。驚いてビクリと肩を揺らし、陽翔は上《あが》り框《かまち》に踵《かかと》を掛けた。わずかに下がった陽翔の前で、再びドアが音を立てる。

「言っただろ……俺には、陽翔だけなんだ。陽翔が一番で、他はどうでもいいってずっと思ってた。どうしてかなんて、考えたこともなかった。」

「……雅義？」

「恋愛とか信じられないけど、でも、陽翔なら信じられる。……それぐらい陽翔だけが別格で、それが俺にとっての当たり前で……」

一度言葉を区切り、呼吸を整えてから雅義は次の言葉を口にした。

「当たり前のこと過ぎて、だから、考えたこともなかった」

不意に沈黙が降り立った。静かになったドアを見つめ、陽翔はそっと手を伸ばす。そこに掌を当てると、雅義の体温が感じられる気がした。

「初めて……」

じっと手を当てていた陽翔の耳に、雅義の声が届く。今までとは違う、小さな、か細い声だ。

「昨日、初めておまえに触れたいって、思った……」

ごくりと息を飲む陽翔の前で、ドア越しに雅義は続ける。

「最初はただ、おまえを手放したくなくて……それだけで恋人になろうって言ったんだけど、でも、陽翔のことを恋人だって意識したら、なんだか今までと違って見えた」

「それは……どんな、」

訊いてどうすると思う気持ちはあった。けれど、訊いてみたいと思う欲求を抑えることは出来ない。

陽翔の問い掛けに、雅義が薄く笑った気がした。

「可愛いって、思った……それと、俺のものなんだって思ったら、なんか、堪らなくなって……」

「雅義の……？」

「それなのにおまえ、なんか凄く寂しそうな顔ばっかりするから……俺がいるって判らせたくて……だから……」

ドアの鍵を外したのは、半ば無意識の行為だった。チェーンを外して鍵を開け、ドアの前から離れる。

「……陽翔？」

音に気付いたのだろう。恐る恐る陽翔の名を呼ぶと、雅義はゆっくりとドアノブを動かした。

軋んだ音を立てて、ドアが外側へと開く。開いたドアの向こう側から、雅義は陽翔の顔を見た。

陽翔、ともう一度雅義がその名を口にする。自分の顔どころか、耳までもが赤く染まっているのが判るから、陽翔は更に一歩、後ろへと下がった。片手で唇の辺りを弄び、もう片方の手で手首を摑んで身を屈《かが》める。恥ずかしくて、それ以上になんだか悔しくなってしまって、雅義を直視できない。

「陽翔……怒ってる？」

「お、怒ってなんか……」

「じゃあ、俺の方、見てよ」

怒るはずがないことは、雅義が一番良く判っている。そんな気持ちで訴える陽翔に、雅義は苦笑混じりにそう告げる。

赤く染まった頬を隠すことも出来ず、けれどこれ以上俯いていることも出来なくてわずかに顔を上げる。なんだか泣きたくなってきて、慌てて視線を彼から逸らした。

照れと羞恥に戸惑っていることは、雅義も判っているのだろう。彼は嬉しそうに笑って、靴を脱いで室内へと入ってきた。

「恋人だったら、ずっと傍にいてくれるんだろ?」

今までのことがあるから、雅義の言葉にすぐには答えられない。黙り込んで俯く陽翔に、雅義は苦笑を漏らす。

「恋愛は、正直、怖いけど……でも、陽翔が一緒にいてくれるって言うなら、平気」

「……雅義」

「平気。だから、言って」

一緒に居て欲しいのだと望まれ、陽翔はようやく顔を上げる。赤く染まった頬をそのままにじっと見つめる瞳がぶれる。自分が震えているからだと、すぐに気付いた。

「……いる」

恋人になってくれるのなら、そういう意味で陽翔を見てくれるのだったら、自分に否《いな》があるはずもない。

「いる……雅義と、一緒に……」

夢か現実かさえ判らなくなるあやふやな感覚に包まれたまま、それでも陽翔はその言葉を口にした。夢なら覚めないで欲しいと、そんな馬鹿なことを願ってしまう。

「ごめん、なんか……いろいろと順番がおかしいんだけど」

陽翔の腕を、雅義が摑んだ。そっと引き寄せられて、よろめく足で彼の方へと身体が傾ぐ。

「陽翔のこと、好きだ」

大きな腕に抱き留められて、耳元で囁かれる。その一言が陽翔の中ではっきりとした現実として響き、夢ではないのだと思うとそれだけで目尻に涙が浮かんだ。

「……ば、かぁ」

小さく悪態を吐くのが精いっぱいで、それ以上は何も言えずに肩口に顔を伏せる。下を向いたせいで涙がぼろぼろと零れ落ちていく。鼻を啜り、額を肩へと押し当てて首を振る陽翔の頭を、雅義が優しく撫でてくれる。

「俺、ほんと……おまえのこと、良く判ってなかったのな」

優しい口調で、まるで独り言のように雅義が呟く。

「おまえがこんなに可愛いって……知ってたつもりなのに、知らなかった」

「ば、ばか……なに、言って……」

「好きだよ、陽翔。気付くの遅れて、ごめん」

撫でてくれる手が嬉しくて、抱き締めてくれる腕が温かくて、陽翔の涙は止まらなくなる。鼻を啜り、何度も首を横に振り、どうにか言葉を紡ぐ。

「ほ、んと……だよ。……抱く、まで、気付かないとか、……ないっ」

「うん、ほんとだよな。……あ、でも抱く前には気付いていたよ」

「う、うそ……」

「本当。ただちょっと、確信が持てなかったっていうか……そういう感じ？」

涙と鼻水でぐしゃぐしゃになった顔を上げた陽翔に、雅義はそう告げると耳元にキスをする。そんな他愛ないキスにさえ泣きたくなって、陽翔はくしゃりと顔を歪めた。

顔を伏せて更に泣く陽翔の頭を優しく抱いて、雅義は苦笑混じりに慰める。

「ごめんな、陽翔。……でも、これでずっと、一緒にいられるよな」

「う、……ううっ」

「もう、おまえのこと、離さないから。……俺にはいつだって、陽翔が一番だから」

うんうんと何度も頷きを返し、声にならない声を出そうとする。しゃくりあげるばかりで、上手く言葉が紡げない。それでも何度目かの時に、ようやく言葉が声になった。

「ずっと……一緒、に……いてっ」

ずるずると鼻を啜る音と一緒になったせいで、情緒も何もなかったけれど、雅義は肩を揺らして笑い、大きく息を吐いた。

「ありがとう」

そう告げる彼の声が晴れ晴れとしたものに聞こえたから、陽翔もようやく笑うことが出来た。

長かった、と改めて陽翔は思う。

もう駄目だと思っていた。叶わない恋だと、最初の時から諦めていた。

それがこういう形で手に入り、幼い頃に交わした約束は、時を経て形を変えて、そうして永遠の誓いへと変化した。

もう二度と離さない。

言葉にして誓い、どちらからともなくキスをした。

さよなら、ともだち

午後八時を回ると、完全に陽《ひ》は落ちて風も少し出てくる。しかし暑さを纏《まと》った風は汗を孕《はら》んだ肌にまとわりついて、それがやけに気持ち悪い。早く帰ろうと歩みを早めた陽翔《はると》は視線の先に見慣れた人影を見つけた。

「え、……雅義《まさよし》？」

驚いて階段を駆け上がる。二階建てのアパートの二階の通路に雅義が立っている。ドアに背を当てて所在無げに立つその姿に、陽翔は目を見張った。

「遅かったな。バイト？」

にこりと笑って片手を上げる相手に、陽翔は慌てて駆け寄っていく。いつから待っていたのかとポケットに入れていた携帯を見るものの、雅義からの着信はない。今日、ここに来るという話を、陽翔が聞いた覚えもなかった。

「なんで、ここにいんの？」

「なんでだと思う？」

ずっと外で待っていたのだろう。汗のせいで張り付いたアンダーの下、透けて見える逞《たくま》しい胸元にドキリとさせられる。

「と、とにかく中に……」

急ぎ鍵《かぎ》を取り出し、玄関を開ける。入るよう促すと、雅義は一歩進んだところで前を行く陽翔の肩を摑《つか》んだ。

「明日から、実家に帰るんだって？」

室内に入ると同時に告げられたその一言に、陽翔の背に動揺が走る。

それを見逃すはずもなく、陽翔を振り返らせて満面の笑みを浮かべた後、雅義は一言こう呟《つぶや》いた。

「俺はそんな話、聞いてないけど」

「その……き、急に決まって……」

「根岸《ねぎし》は知っていたみたいだけど？」

夏休みに入ってすぐの頃に、根岸から陽翔に連絡があった。休みの間に実家に帰らないのかと問われ、帰省の際に会う約束をした。

「陽翔は帰ってくるけどって、連絡があったんだよ」

そう続けられた雅義の言葉に、陽翔に言い訳など出来るはずがない。ぐっと言葉を詰まらせたまま項垂《うなだ》れる陽翔の顔を、身を屈《かが》めて覗《のぞ》き込んでくる。

「俺、言ったよな？」

間近に雅義の視線を感じて、陽翔は更に視線を落とした。

「休みに入ったら、陽翔ともっと一緒にいたいって。陽翔も、同じだって言ってくれたと思うんだけど」

それは今から一ヶ月程前の話だ。

夏休み前の試験や提出課題に追われ、互いに身動きの取れなかった時期に、雅義はまめに連絡をしてくれた。会えない時間に不安はあったものの、頻繁に電話をくれる雅義に、陽翔は確かに幸せを噛《か》み締めていた。

今は無理だけど、夏休みに入ったらもっと一緒にいようと言われた。陽翔の家に行ってもいいし、陽翔がこっちに来てもいい。ずっと一緒にいようと言われて、陽翔も同じ気持ちだと返した。

嘘《うそ》を言ったつもりは、陽翔にはない。しかし陽翔は夏休みに入ってからずっと、バイトが忙しいからという理由で雅義の誘いを断り続けていた。

「……バイト、忙しかったから」

「でも、明日からは実家に戻るんだろ?」

「その……帰れって、親が煩《うるさ》いから……」

「俺に連絡しなかった理由は?」

「雅義も、忙しいかなって思って」

言い訳でしかないことは、雅義も判っている。いつまでも俯《うつむ》いたままでいる陽翔に何を思ったのか、雅義は先に室内へと入ってしまった。

怒らせただろうかと思うと、胸が軋《きし》みを上げる。追いすがりたくなる気持ちをどうにか抑え、陽翔は恐る恐る部屋の中に目を向けた。

「明日は俺も、一緒に帰るから」

荷物をベッド脇《わき》に下ろして、雅義は告げる。

「え……?」

「あっちの家も、たまには見ておかないと駄目だし。あの人、最近全然帰ってないみたいだからさ」

「あの人って」

「あー……父親？」

彼の父親が相変わらずだということは、雅義から聞いていた。その時も淡々とした口調で告げるから、父親の事を恨んでいるかと訊《き》いてみた。しかし雅義は苦笑を浮かべ「陽翔がいるから平気」だと、そんなことを言ってみせた。

そんなことを思い出していると、雅義はふと笑みを浮かべる。部屋の入り口に立ちつくしている陽翔に向けられた笑みは優しくて、怒っていたはずなのに、今はそれを微塵《みじん》も感じさせない。

「陽翔、おいで」

呼ばれるままに、陽翔は室内に入っていく。雅義の傍に膝《ひざ》を付き、そうしてじっと彼の顔を見つめた。

怒っているだろうかと様子をうかがう陽翔の肩に腕を回して引き寄せる。隣に座らせると、雅義は笑みを苦笑へと変えた。

「……雅義」

「そんな顔されたら、怒れないだろ」

顔が、雅義の胸元へと押し付けられる。久しぶりに感じた彼の匂いに、身体に籠《こも》っていた力が抜けていく。

「……ごめん」

素直に謝罪を口にすると、雅義は抱き締めた腕をわずかに緩めて、陽翔の顔を覗き込んできた。

「陽翔は、俺と一緒にいるのは、嫌か？」

「違う、そうじゃない」

即答すると、漏れた吐息が陽翔の頬《ほお》に掛かった。

「じゃあもうひとつ。……俺以外に好きな奴が出来たとか、そういうのもないよな？」

とんでもない事を告げられて、今度は慌てて首を横に振る。そんな事があるはずもないと、とにかく必死で否定した。

「良かった」

雅義以外を好きになる事なんて、あるはずがない。そう訴える陽翔に雅義は満面の笑みを浮かべる。陽翔に対する愛情を滲《にじ》ませるその笑顔に、泣きたくなってくる。

こんなに想われているのだと感じさせてくれる雅義が、好きで好きで堪《たま》らなかった。それと同時に、彼を不安にさせる自分自身の不甲斐《ふがい》無さが歯痒《はがゆ》かった。ぐっと唇を噛み締めると、雅義は指を押し付けた。

上を向かせる動きに合わせ、雅義を見る。視線が絡まった瞬間、彼の唇が陽翔に触れた。唇を唇で甘く食《は》み、舌で濡《ぬ》らして入り口を割る。歯列は割らずに入り口部分を何度も行き来する感触が、じれったさへと変化する。

「ふ、う……まさ、よし」

口腔《こうこう》を弄《いじ》ることなく離れていく唇に、陽翔が彼を追う。身を乗り出して自ら触れかけ、しかし触れるか触れないかというところで動きを止めた。

「陽翔？」

呼び掛けに、陽翔ははっと瞳を見張る。そのままそっと顔を伏せた。

どうしたのかと、問い掛ける雅義の視線が痛い。それを振り切る為に自ら身を離した。

「あ、と……飯、雅義は夕飯食べたのか？」

「ああ、ここ来る途中に……」

二人の間を漂っていた甘い雰囲気は一気に消えた。それと共に息苦しさを覚え、陽翔は腹部に手を当てる。雅義に背を向けて、急ぎ台所へと取って返した。

「じゃ、なんか飲み物でも……」

そんな陽翔の背を、雅義が追い掛けてくる。腕を掴まれて振り返ると、彼は笑って陽翔の顔を覗き込んできた。

「いいよ、俺が淹《い》れる」

「別に、これぐらい……」

「陽翔、バイトで疲れてるだろ？」

そう言って陽翔を部屋へと戻すから、大人しく床へと腰を下ろした。

昔から、そういうところは変わらない。雅義はいつも陽翔のことを一番にしてくれている。問い質《ただ》したい思いもあるはずなのに、問い質して陽翔を困らせることはしないでいてくれる。

そんな思い遣《や》りが、今の陽翔には胸に痛かった。

俯いたままじっとテーブルの端を見つめている陽翔の前に、カップが置かれる。顔を上げると屈託のない笑顔を向ける雅義がいた。

「雅義……」

その名を呼んで、陽翔はじっと彼を見る。こうやって見ていると、本当に自分が彼を好きだという事が良く判る。何時間見ていても飽きないし、もっと見ていたくなる。そんな気持ちを雅義も感じてくれているだろうかと、考えた瞬間に胸がわずかに重くなる。

「陽翔、どうした？」

「ん、なんでもない」

苦笑混じりに視線を外し、両手でカップを包み込む。そうして浅く息を吐いた陽翔を、雅義は首を傾《かし》げて見つめていた。

それからも、雅義は普段と変わりなかった。黙りがちになる陽翔を気遣って、本題には触れないままでいてくれた。そんな雅義に、陽翔も他愛ない話をして時間を過ごしていた。

夜も更けてきた頃に、明日に備えて早めに寝ようと早々にシャワーを浴びる。先に浴びた陽翔は、出していた机を片付けて、空いたスペースに布団を一式用意する。そうして自分はさっさとベッドの中に潜り込んだ。

あからさま過ぎる自分の行動に不安は浮かぶ。しかし他に方法は思いつかず、薄いタオルケットを頭からかぶった。

「……陽翔」

浴室から戻った雅義が、呆《あき》れ混じりの声を出す。盛大な溜息《ためいき》を吐《つ》き、ベッドにいる陽翔へと近付いた。

ぎしりと音がしてベッドが傾ぐ。身を乗り出してきた雅義に、陽翔はドキリと心臓を高鳴らせた。

「なに、今日は駄目？」

「明日、しんどくなったら、困る」

「ちょっと触れるだけとかは？」

「……ごめん」

薄いタオルケット越しに抱き締めてくる雅義の誘いを、陽翔は一言で拒否する。まんじりともしない陽翔に何を思ったのか、浅く息を吐くと素直に身体を離した。

明かりを落として、大人しく自分の布団に入るかと思った雅義は、しかし何故か再びべッドの端に腰を下ろした。雅義の事だから、陽翔の意志を無視することはないと判っていても、身体は知らず緊張する。

「陽翔は、さ」

薄暗い室内で、雅義がぽつり呟く。

「俺とするの、嫌？」

「え、そ、そんなわけ、ないって」

「でも、あれから……」

言いかけて、雅義はそのまま言葉を詰まらせた。

雅義の言いたいことは、陽翔も良く判っている。互いに気持ちを確かめ合ったあの時から今日までの間に、互いに触れたのは一回だけだ。もちろん二人共に忙しくなったという事もあるけれど、無理を押してでも陽翔に会おうとする雅義を諌《いさ》めるのはいつも陽翔で、会ったとしても夜まで一緒にいることを出来るだけ避けていた。

結果、付き合って二ヶ月近く経《た》つというのに、その間にセックスをしたのは最初の時の分を足しても二回だけだった。

「明日は、移動しなきゃなんないだろ？」

タオルケットの袖《そで》から、ぼそぼそと呟く。上体を逸《そ》らして再び陽翔の方を向く雅義に、陽翔は壁の方を向いたまま身体を縮めてしまう。そんな陽翔の腰に手を当てると、雅義は低い声で呟いた。

「じゃあ、明日なら、いい？」

「あ、明日は、根岸たちと飲みに行く、から……」

「その後でいいよ」

さらりと告げられて、逃げ場を失う。ぐっと言葉を詰まらせた後で、浅く息を吐き出した。

「……うん」

迷った末での一言に、雅義はまだ何か言いたげな様子を見せる。しかしこういう時の陽翔がどこまでも頑《かたく》ななのは雅義も判っている。問い質しても仕方がないと諦めて、黙ってベッドを降りた。

しばらくは衣擦《きぬず》れの音が聞こえていて、それも止まったかと思うと「おやすみ」と告げられた。低く響くその声に、陽翔は身体に籠っていた緊張を解いた。

ほっと息を吐き、身体から力を抜く。しばらくすると、腰の辺りに違和感を覚えた。

さっき触れた雅義の手が、まだそこに残っている気がした。

まずいなと、改めて覚えた感覚を身体から逃そうと試みる。しかし上手くいかなくて、

(最近、してなかった、から)

熱は下半身に集中していく。

雅義と結ばれてから、彼としたのは一回だ。普段なら自分で慰めることもあったのだけれど、ここ最近は無駄に考え込んでしまっていたこともあって、陽翔は一度も自慰をして

いない。

このままではまずい事になりそうで、けれどさっきの今で雅義が眠っているとも思えない。せめてもう少し我慢して、彼が寝入ったのを確かめてからトイレに行こうと考えている間にも、陽翔のそこは反応を見せる。

「……っ、」

雅義のことを考えないようにとすればするほど、陽翔の中に雅義の感覚が甦《よみがえ》る。久しぶりに会った雅義の手の感触や、抱きしめられた時の心地よさ。鼻先に覚えた匂いや、キスをされた時の快感までもが陽翔を苛《さいな》んでいく。

背筋がゾクリと震えたかと思うと、欲望が下着の中で大きく育つ。もう誤魔化せないところまで来てしまい、陽翔は困惑のまま熱い息を吐き出した。

(どうしよう……)

腰の奥が震え、彼を受け入れたことのある場所が脈動する。何かを期待するその動きが恥ずかしくて、陽翔はそっと身じろいだ。

「……陽翔？」

もぞもぞと動いていたのが雅義の耳にも判ったらしい。困惑の混じった声で問い掛ける雅義に、陽翔は身体を強張《こわば》らせる。

「なに、寝られない？」

何でもないと言おうとするのに、熱い吐息が邪魔で上手く言葉が紡げない。思わず呻《うめ》きに近い声を出し、そのまま黙ってしまった陽翔に、雅義が起き出すのが判った。

「陽翔」

陽翔のいるベッドの端に手を当て、身を寄せてくる。彼に悟られまいと上掛けを強く掴み、陽翔はただ身を硬くする。

「起きてるんだろ?」

肩に手を当てられて、陽翔は慌てて口を開いた。

「さ、触るなっ」

緊張から上擦った声は、叫びに近くなる。それが恥ずかしくて真っ赤に染まった顔を布団の中に隠そうとする。しかし動きは被《かぶ》さってきた雅義によって止められた。

「陽翔、どうした?」

「さ、触らないで……頼む、から」

陽翔の上に半ば乗り上げたまま顔を覗き込んでくるから、身体は更に反応する。雅義の手に触れられたくて、腰に鈍痛さえ感じられる。反応してしまったそこを誤魔化すことは、もう出来そうにもなかった。

「……陽翔、俺を見て」

「だ、駄目、だ」

陽翔の腰をするりと撫《な》でる。たったそれだけの刺激にさえ、陽翔の欲望が更に熱を孕《はら》んだ。

「だ、め……触れない、で」

両腕を上げて、雅義を押し退《の》けようとする。しかし快感で力が抜けているから、上手く動かすことが出来ない。

荒くなる呼吸の下で、雅義へと視線を向ける。涙すら溜《たま》まってしまった熱い眼差《まなざ》しを向け、無意識に救いを求める。

「その顔、反則だって」

「その顔って……あ、あっ！」

陽翔の片手を掴んだまま、雅義が咽喉《のど》を鳴らして笑う。普段の優しさとは違う、熱の籠った瞳に見つめられたかと思うと、次の瞬間、雅義は陽翔の股間《こかん》に手を当てた。

「や、だ、だめ……」

「凄《すご》い、もうこんなに感じてる」

「あ、……い、うなって」

「こんなにしてたら、辛いだろ？」

言うが早いか、毛布を剝《は》ぐと下履きの中へと手を差し込んだ。焦《じ》らすことなく直《じか》に欲望を掴まれて、陽翔の背筋が仰《の》け反《ぞ》った。

「う、ぁ……だ、め……今日、は、駄目だって……」

この期に及んで制止を訴える陽翔の様子に、雅義は一度動きを止める。しかし手は離さずに、じっと陽翔の顔を見つめる。

「……触るだけなら、いい？」

「い、いや……」

「なんで、そんなに嫌？」

顔を近付けて、優しく問われる。どうして、と問われても答えられない。口を噤《つぐ》み、視線だけで訴える陽翔の腹部を、雅義の手がするりと撫でた。

「俺に、触れられるのが、嫌？」

「ん、いや……じゃ、な、い」

触れられたくないわけじゃない。そう告げる陽翔に、雅義の動きが再開する。茎の部分を強く扱《しご》き、先端を指で押す。そうして陽翔が抵抗を失ったことを確かめてから、両手で刺激し始めた。

「あ、は……は、ぁ」

袋を揉《も》み込み、裏筋を指で刺激する。流れ出た先走りの液を手の中に受け止め、濡れた音を響かせた。

ぐちゅぐちゅと弄られて、陽翔の身体が更に熱を孕む。すでに理性はどこかに吹き飛んで、達することしか考えられない。

「陽翔、俺も……」

いいかと問われて、何も判らずこくこくと頷く。半ば反射的に腕を伸ばして雅義の腰へと触れた。

「ふ、ぁ……まさよ、し」

雅義の下履きが取り除かれるのを待って、出てきた欲望に指を絡める。陽翔のものと同じく、熱を孕んだそれに頭の中が真っ白になる。

欲しい、という言葉だけが頭を占拠して、気付いた時には熱心に雅義のものを愛撫《あいぶ》していた。

「ん、陽翔……一緒に」

陽翔の太股《ふともも》を跨《また》いだまま、雅義が身を近付ける。そうして触れた二人のものを、陽翔の手ごと手の中に摑んだ。

互いの欲望が擦《こす》れ合う感覚に、陽翔は咽喉を仰け反らせる。傾ぎかけた腰を雅義の腕が摑んで引き寄せ、咽喉に歯を立てた。

かりりと噛まれた感触に目を閉じると、二人のものを摑んだ手が更に動きを早めた。

「あ、あっ、あ、……雅義、んっ」

限界近かったそれが、一気に膨張する。それを感じて雅義も手を早める。

腰が前後に揺れて、身体中に緊張が走る。ビクビクと震えたかと思うと、次の瞬間には溜まった熱が一気に放出された。

「あ、あぁ……」

下腹部から胸元まで体液を飛び散らせ、陽翔の身体が弛緩《しかん》する。ぐったりとベッドの上に倒れ込んだ陽翔の唇に、雅義のそれが触れた。

「ぁ、だ、め……」

触れた瞬間、陽翔が首を振って拒絶する。それに雅義は悲しげな顔を見せて陽翔を見下ろした。

どうして、と問い掛ける雅義の瞳に陽翔は息を飲み、力の抜けた腕を持ち上げて彼の身体を押し退けた。

「陽翔……」

「ごめん、雅義……その、今日は、その……」

どう言っていいか判らず、途中で言葉を途切れさせる。

「その気になれない？」

黙り込んだ陽翔に、雅義が問う。差し出された彼の優しさに便乗して、陽翔はこくりと頷《うなず》いた。

「……判った」

そう告げて、雅義は陽翔の額に唇を押しつける。優しい口付けに余計に何も言えなくなってしまった。

陽翔の身体に散った体液を始末して夜着を整えてくれている間も、陽翔は俯いたままでいた。一言も発しない陽翔の身体を横たえさせて、上掛けを肩のところまで引き上げる。

ベッドに横たわった事で漏れた安堵《あんど》の息に、雅義は笑みを浮かべて陽翔を見た。

「なぁ、陽翔……」

眠っていいよと言うように、陽翔の髪を優しく撫でる。その手の感触に目を細めていると、雅義はこんな言葉を口にした。

「陽翔は、俺のこと好き？」

不意に問われた言葉に、陽翔は大きく目を見張る。信じられない想いで見つめるその瞳の意味を、雅義も理解したのだろう。ほっと息を吐きだすと、彼は安堵した様子で笑みを深めた。

「うん、好きならいいんだ」

「なんで……」

そんなことを訊くのかと、問い返そうとしたところで陽翔は再び口を噤む。

雅義がそんなことを言い出した理由は、ひとつしかない。

(不安に、させてる)

好きだと言いながら、一緒にいることを拒んでいる。そして今もまた、彼の求めを拒絶した。

その気になれないなんて言葉が、言い訳にすぎないことは雅義も判っている。陽翔の身体が快楽を求めていることは明らかだ。それでも雅義の手を拒み、行為を拒絶した陽翔に、きっと不安を募らせたに違いない。

(違う……そうじゃ、ないんだ)

心の中で訴える陽翔に、雅義は振り返らない。もう一度「おやすみ」とだけ呟いてベッドを降りようとした。だから慌てて手を伸ばし、彼の腕を掴み取る。

「……陽翔？」

「ごめ……違う、ごめん」

雅義の顔を見られなくて、陽翔は彼の背に顔を寄せる。薄いシャツ越しに感じる体温に、自然と涙が溢《あふ》れ出てきた。

「違うって、なに？」

何度も謝罪を口にする陽翔に、雅義は低い声で聞き返す。どういう意味だと問われ、今一度「ごめん」と呟いた先で、陽翔は告白を口にする。

「………すき」

小さなか細い声で呟いたそれに、雅義は反射的に振り返ろうとする。しかし陽翔が顔を押し当てたまま首を振るから、途中でそれを断念してくれる。

抱き締める陽翔の手を取って、自分の身体の前で合わせてみせる。そうして甘い声で優しく、その名を呼んだ。

「おまえさ、また色々と考えてるんだろ？」

陽翔の手を弄《もてあそ》び、雅義が問い掛ける。その声に唸《うな》るものの、言葉は口から出て来ない。

「陽翔って結構、考え過ぎて自分で身動き出来なくなって……そういうとこ、昔から変わらないな」

「……悪かった、な」

苦笑混じりに告げられて、拗《す》ねた口調で返す。しかし言いかけたところで鼻を啜《すす》ってしまったから、どうにもばつが悪かった。

「ん、でも嫌いじゃない」

ぱん、と手と手を軽く叩《たた》いて、雅義は腕を解放する。ゆっくりと振り返る動作を、陽翔も今度は止めなかった。

「そういうとこ、可愛《かわい》いって思ってた。考え過ぎてぐるぐるしてて、普段なら出来ることも出来なくなって……そういうの見たら俺が傍にいてやらないとって思えて、嬉しかった」

「……何それ、俺、かっこ悪いし」

そんなにぐるぐるしていた覚えはないからと、涙に濡れた瞳で睨《にら》みつける陽翔に笑みを深めて、雅義はティッシュで陽翔の顔を拭《ぬぐ》ってくれた。

「格好悪くないよ」

鼻をかんで落ち着いたところで、雅義は陽翔の髪を掻《か》き上げる。涙のせいで赤くなった目尻《めじり》に軽く指で触れ、そうして顔を近付けてくる。

唇に触れるだけのキスをされると、なんだかまた泣けてくる。じわりと湧いた目尻の涙を、今度は唇で吸い取ってくれた。

「寝ようか。明日、早いし」

「……雅義」

「いいよ、今は。無理に言わなくても。……でも言えるようになったら、ちゃんと話して欲しい。前みたいに何も言わずにいなくなるのだけは、止めてくれ」

　最後の方は少しだけ厳しい口調で告げるから、それだけ雅義の真剣味が伝わってくる気がした。

　こくりと頷き、そのまま俯いてしまった陽翔の額にもう一度キスをして、雅義は今一度横になるようにと促してくる。布団の中に横たわると、雅義もまた隣に身体を滑り込ませた。

「ま、雅義……」

「一緒に寝るだけならいいだろ？」

「で、でも……狭い、し」

「くっついて寝たら、平気」

　ぐい、と引き寄せられて、優しく抱き締めてくれる彼の気持ちが胸に痛かった。息苦しさを覚えるのに、それ以上に幸福感に満たされる。

　ほら、寝ようと小声で囁《ささや》き、髪や背を優しく撫でてくれる。そんな彼の腕に抱かれたまま、陽翔はそっと目を閉じた。


　次の日の朝、陽翔は珈琲《コーヒー》の匂いで目が覚めた。ベッドの中でぼんやり視線を向けると、台所の辺りで雅義ががちゃがちゃと何かをやっている。

鼻先に感じる匂いに、意識はすでに覚醒していた。しかし昨夜のことを覚えているせいで、居た堪れなさからすぐに起きることは出来なかった。

「陽翔、そろそろ……あ、起きてた？」

どうしようかと悩んでいるうちに、雅義が部屋へと入ってくる。昼には出発する予定にしていたから、このまま眠っているわけにもいかない。

どうにか起き上がったものの、そこから動けず座り込んでいる陽翔の動揺を読み取ったのか、雅義はクスリと笑ってみせた。

「パン、買って来たから。陽翔の好きなのもあるぞ」

むっと表情を曇らせた陽翔の目の前に、雅義が買い物袋を突き出してくる。陽翔が寝ている間に、近くのコンビニに買い物に行ってきたらしい。

「昼には出るんだったら、そろそろ用意した方がいいけど……そういや切符は？」

「特急のやつ、ディスカウントショップで買ってある」

「ちゃんと財布に入れておけよ。そういや鞄《かばん》はどれで行くんだ？　こないだ持ってたやつ？」

珈琲を啜り、適当にパンを食べてから雅義はあれこれと口を出してくる。昔からこういうところは相変わらずで、あれこれと訊いてくる様子はまるで母親だ。

半ば呆れつつも早々に朝食を済ませて、陽翔も準備に取り掛かる。雅義もすぐに陽翔の手伝いを始め、予定よりも早くに終わってしまった。

「時間まだあるけど、そろそろ行こうか」

そう言って先に出て行こうとする雅義を、陽翔が荷物を持って追い掛ける。玄関先に来たところで、ふと思い出した様子で雅義が振り返った。

「陽翔、鍵は持ったか？」

「煩いな、おまえは……」

今から出掛けるのに、鍵を持たないはずがない。そのことを説明するのも面倒臭くて、無視しようとした陽翔の手を、雅義が摑んだ。

「ほら、ちゃんと持ったか見せて」

「はいはいはい、ほら、ちゃんとここに……あれ？」

いつも入れている場所に入っていなくて、慌ててそこを探る。しかし中に鍵らしきものは見当たらなかった。

「あ、鞄！」

鞄を変えたからだと思い出し、室内に取って返す。いつも使っている鞄を取り出すと、案の定サイドポケットに鍵が入ったままだった。

良くあることだから、鍵を忘れたことは仕方がないとして、また雅義に呆れられるだろうと思うと自然と頰が膨らむ。むっと表情を曇らせて戻ってきた陽翔に、しかし雅義は黙って立ち尽くしていた。

「雅義？」

どうしたのかと問うと、彼は黙って陽翔の手を見つめる。何がと思って鍵を握った手を持ち上げると、そこを指で撫でた。

「……鍵」

小さな声が、その単語を口にする。だから陽翔は黙って手を広げ、銀色の鍵を雅義の前に出して見せた。

「あの時のこと、思い出してた」

不思議に思って見つめる陽翔に、雅義は小さく呟く。指先で鍵の輪郭をなぞり、金属の感触を確かめている。

「おまえが初めて、告白してきた時の……」

続けられた言葉に、陽翔もあの時のことを思い出した。

あの時もまた、陽翔は鍵を忘れて雅義の家にいた。ちゃんとしろよと笑って言われ、部屋に招き入れられて、静かな室内で二人でいると、そういう雰囲気になっていた。

あの日もし、鍵を忘れなかったらどうなっていただろうかと、考えたのは一度や二度ではない。もちろん、他の機会に告白していたかもしれないとも思うけれど、しなかったかもしれないとも思える。それぐらい、あの時陽翔の中にあった衝動はあやふやで、頼りないものだった。

「あの時は、すごく怖かった」

「え……？」

「怖かった。陽翔が、離れて行ってしまう気がして」

当時の気持ちを思い起こしているのか、雅義の声には息苦しささえ感じられる。

「おまえに棄《す》てられないようにって、それればかり考えていたよ。……だから、陽翔が一年だけ待ってって言った時も、嫌だって言えなかった」

陽翔を永遠に失うぐらいなら、一年待つことぐらい耐えられる。そう自分に言い聞かせることしか出来なかったのだと、雅義は言う。

不意に、掌に触れている雅義の指先が、震えていることに陽翔も気付く。驚いてそちらに目を向けると、雅義が陽翔を抱き締めてきた。

「あんな想いは、二度としたくない」

あの時は本当に怖かったんだと、雅義は言う。しかしその言葉が決して過去だけのものでないことに、陽翔もすでに気付いていた。

陽翔に好きだと言い、黙っていなくならないでと雅義は言った。そして今もまた、こうやって不安の片鱗《へんりん》を垣間《かいま》見せる。そうさせているのが陽翔だということは嫌という程良く判る。

これ以上黙っている事は出来なくて、陽翔は心を決めて口を開いた。

「……俺も、怖いんだ」

彼の背に腕を回して、そっと身体を離させる。陽翔の動きに反応して雅義は腕を離すと、真っ直ぐに陽翔を見た。

「雅義と一緒にいるのが、何ていうか、すごく……怖い」

「え……」

「あ、違う。勘違いするなよ。おまえと一緒にいたいって思ってるんだよ。ずっと一緒にいたいし、一分でも一秒でも傍にいたいって、思ってる」

戸惑いを孕んだ雅義に、陽翔ははっきりとそう告げる。しかし顔を上げていられたのはそこまでで、陽翔は深く項垂れた。

「でも、一緒にいる時間が長くなると、それだけですっごく不安になるんだ」

「……陽翔、もう少し判りやすく言って」

促され、一度言葉を詰まらせる。しかしそれも一瞬で、ゆっくり息を吐き出すと、陽翔はようやくその言葉を口にした。

「飽きられるのが、怖い」

「飽きるって、何が？」

「だから、雅義が、俺に……」

そこまで告げたところで言葉を詰まらせると、室内に沈黙が降り立った。二人、玄関先で向かい合って黙り込んだままだ。しかしこのまま言わないままにするわけにもいかず、陽翔は重い口を再び開く。

「だって、さぁ……雅義は、女の子が好きだろ。男と寝る趣味とかないし。そういうのでも最初は楽しいかもしれないけど、でもそのうち飽きるかもしれないって……」

語尾が小さくなって、消えていく。相変わらず一言も発しない雅義に居た堪れなさを募らせて、陽翔は一度大きく息を吐き出した。

「あんまし一緒にいたら、絶対に飽きるの早くなるだろうし、だったら回数減らして、少しでも長く続けられるようにって……そう、思ったんだ」

話せば話す程、自分で墓穴を掘っている気分になっていく。

まだ雅義は一言も発していないけれど、無言の中にも怒られている気がして、陽翔は自分のシャツの裾《すそ》を強く握り締めた。

「俺が？　男が好きじゃないから、陽翔に触れるのに飽きるって？」

身体を震わせ、泣きたい気持ちを堪《こら》えている陽翔の上に、雅義の声が降り注ぐ。思っていたよりも呆れた様子は少ないものの、続けて溜息を吐く音が聞こえて顔を上げられない。

「……それで、セックスの回数を減らそうって？」

問い掛けに陽翔は何も言えず、けれどなけなしの勇気を振り絞ってわずかに頷いた。それを受けて雅義は何故か腕に付けた時計に目を向けた。

「陽翔、時間」

「え……あ、そうだ」

「間に合いそうもないから、帰るのは明日にしないか？」

「でも……」

「明日にしよう」

突然そんなことを言われて、陽翔は顔を上げて大きく目を見張る。見つめる先の表情には、呆れた様子は微塵も感じられない。

優しく微笑《ほほえ》むその顔に、陽翔は胸の高鳴りを覚えた。

「陽翔、おいで」

彼の言葉に逆らうことは出来なくて、呼ばれるままに身を寄せる。そんな陽翔を両腕の中に包み込み、雅義は耳元で囁くように言葉を紡ぐ。

「そんな可愛いこと言われたら、我慢出来なくなる」

ほら、と言って身体を寄せる雅義のそれが、太股に押しつけられる。確かに硬くなったそこに、陽翔は大きく目を見張る。

「今日の夜まで我慢しようと思ってたのに……もう、限界」

「そ、そ、いうこと、言う、なっ……」

「陽翔……」

愛しさを滲ませた呼び掛けに、陽翔の身体もじんわりと熱を孕んだ。膝がかくりと折れたのを見てとって、雅義は陽翔の身体を引きずるようにして部屋へと移動する。そうしてベッドへと押し倒した。

「おまえに飽きるとか、ないから」

「でも、雅義……」

「飽きるわけないだろ。もう何年、一緒にいると思ってるんだよ」

苦笑混じりに告げられて、陽翔は口を噤む。むっと突き出した唇にキスをされて、陽翔の表情は更に硬くなる。

「……そんなの、判んないだろ」

「なんで？　俺の事信じられない？」

そんな訊き方をするのはずるいと思うものの、陽翔はすぐに口を開く。

「だって、そんなの……恋人としてじゃ、ないし」

長い付き合いの中で、雅義の中では陽翔は常に親友だった。どんなに親しくても友達である以上、恋とは違う。

恋愛になった途端に無理になる関係だってあるのだと、考えたくもないことが次々と陽翔の中に浮かんでしまう。

「俺だって、そんなこと考えたくない、けど」

それでも考えてしまうのは、雅義が付き合ってくれているという事が未《いま》だ信じられないからだ。

雅義が愛情を持って陽翔に接してくれていることは、嫌という程判っている。求めてくれる気持ちが嘘だなんて思ってもいない。それなのに、と陽翔は思う。

「でも、仕方ない、だろっ。雅義と別れたらとか……もう、考えられないんだからっ」

片想いをしていた時には感じなかった事だった。想いが通じて、彼の腕に抱かれることの心地よさを知ってしまったら、もう二度と手放せない。雅義なしでは生きていけないという想いが、陽翔の心を弱くさせてしまう。

　この時が一分でも一秒でも長く続けさせることが出来るなら、何だって出来ると思った。

「だ、だから……」

「陽翔、もう黙って」

　戸惑いを孕んだ声でそれでも必死に訴える陽翔に、雅義が優しく告げる。言われるままに口を噤むと、彼はそこにキスをした。

　そうして一度唇を離して目を合わせたかと思うと、今度は首筋に顔を埋《うず》めてくる。柔らかい皮膚にキスをして、陽翔の匂いを確かめるかのように息を吸い込んだ。

「……雅義？」

「大丈夫、同じだから」

　告げられた言葉に、陽翔は首を傾げる。それを受けて雅義はわずかに顔を上げると、にこりと笑ってみせた。

「前は、陽翔の身体がこんなに温かいって、知らなかったから。……でも、今は知ってる」

「でも、雅義……」

「こんな近くに感じられる方法があるって判ったら、陽翔に触れないでいることなんて出来ないよ」

　陽翔、ともう一度、吐息だけで呼び掛ける。その声を間近に感じて、陽翔は身体を震わせた。

「言っただろ。俺には、陽翔だけだって……」

何度でも言うよと笑われて、陽翔の腕が自然と背中に回る。そっと抱き寄せると、雅義は耳朶《じだ》をやんわりと噛んだ。

「好きだよ。どんなに不安になっても、そのせいで馬鹿なこと考えていても、そんなところも全部、好き」

「雅義、俺も……」

雅義の告白に、凝り固まっていた感情が溶け出していく。それはまるで、告白したあの日に積もった雪が、今になってようやく溶けたかのようだった。

不安という名の雪の下からは、きっと新しい芽が吹き出すのだろう。新しい二人の信頼の形が、そこから始まるのだ。

「俺も、好き」

ずっと蟠《わだかま》っていた不安を振り切って、陽翔は自ら雅義へとキスをする。馬鹿なことを考えていた自分を許して欲しいと囁いて、雅義の腕に自分の全てを委《ゆだ》ねた。

あとがき

初めましての方、二度めましての方もこんにちは、深山《みやま》ひよりです。今回は『終わりのない片想い』を手に取って頂き、誠に有難うございます。

今回は題名にもありますが、片想いで、そして幼なじみものです。近すぎると見えないものもあるよねという内容になっています。

若い子も好きですが、おじさんも大好きなので、今後はそういう萌えも書いていけたらいいなと思います。また見かけた際にはよろしくして頂けると嬉しいです。

最後になりましたが、今回イラストを描いて下さいました明神翼《みょうじんつばさ》先生、本当に素敵なイラストを有難うございます。二人とも想像をはるかに超えてかっこよくて、ドキドキが止まりません！

他にも本を出すにあたり、今回もいろいろと助けて下さいました担当様、編集部の方々、携わって頂いた方々に心より感謝いたします。

そしてそして、この本を読んで下さった皆様、本当に有難うございます。少しでも楽しんで頂けたら幸いです。

深山　ひより

Platinum Label

終《お》わりのない片想《かたおも》い

プラチナ文庫をお買いあげいただき、ありがとうございます。
この作品を読んでのご意見・ご感想をお待ちしております。

★ファンレターの宛先★
〒102-0072　東京都千代田区飯田橋3-3-1
プランタン出版　プラチナ文庫編集部気付
深山ひより先生係 / 明神 翼先生係

各作品のご感想をWEBサイトにて募集しております。
プランタン出版WEBサイト http://www.printemps.jp

著者――**深山ひより**(みやま ひより)
挿絵――**明神 翼**(みょうじん つばさ)
発行――**プランタン出版**
発売――**フランス書院**
〒102-0072　東京都千代田区飯田橋3-3-1
電話(営業)03-5226-5744
　　(編集)03-5226-5742
印刷――誠宏印刷
製本――小泉製本

ISBN978-4-8296-2513-2 C0193